Mel Bay Presents

MÉTODO DE ARMÓNICA DIATÓNICA Y CROMÁTICA POR J.J. MILTEAU

THE BEST WAY TO LEARN THE HARMONICA!

¡LA MEJOR MANERA DE APRENDER LA ARMÓNICA!

CD CONTENTS

1 Welcome/¡Bienvenido!
2 Easy Melody/Melodia Fácil
3 In D/en Re
4 In E/en Mi
5 Oh Suzanna
6 Oh Suzanna
7 Oh Suzanna
8 Oh Suzanna
9 Oh Suzanna
10 When the Saints Go Marching In
11 When the Saints Go Marching In
12 When the Saints Go Marching In
13 When the Saints Go Marching In
14 When the Saints Go Marching In
15 When the Saints Go Marching In
16 Amazing Grace
17 Amazing Grace
18 Amazing Grace
19 Joshua Fought the Battle of Jericho
20 Joshua Fought the Battle of Jericho
21 Joshua Fought the Battle of Jericho
22 House of the Rising Sun
23 House of the Rising Sun
24 C Major Scale/Escala en C (Do) Mayor
25 F Major Pentatonic Scale/Pentatónica de F (Fa) Mayor
26 E minor Pentatonic Scale/Pentatónica de E (Mi) menor
27 A minor Scale/Escala de A (La) menor
28 Blues Scale in G/Escala de G (Sol) Blues
29 Chord Progression in C/Rueda de acordes en C
30 Chord Progression in G/Rueda de acordes en G
31 Chord Progression in Dm/Rueda de acordes en Dm

1 2 3 4 5 6 7 8 9 0

Visit us on the Web at www.melbay.com — E-mail us at email@melbay.com

Contents

Contenido

Track–*Pista 01*

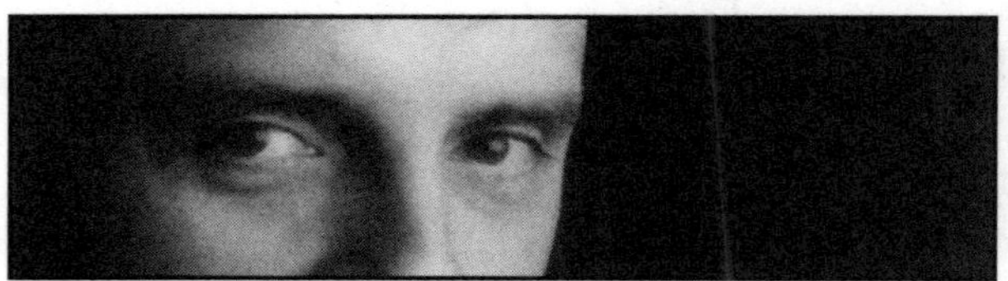

Welcome!

The harmonica was born in the heart of Europe almost two centuries ago. **Due to its expressiveness and the extraordinary set of features such as small size, musical possibilities and affordable price**, the harmonica became a part of the human and musical movements of the 20th century (blues, jazz, rock, rythm'n blues) and integrated easily with classical and traditional music worldwide.

The harmonica accompanied all of the migratory waves and was popularized by Hollywood. It became a noble instrument in the hands of musicians as varied and diverse as **Stevie Wonder, Little Walter, Toots Thielemans or Howard Levy,** who demonstrated that musicality and imagination can transcend this popular and, at the same time, unknown instrument.

The harmonica is the only instrument that you can breath through. Easily accessible at all times, the harmonica can become a wonderful companion.

Let me help you!

¡Bienvenido!

La armónica nació en el corazón de Europa hace casi doscientos años. **Gracias a su expresividad y a la extraordinaria relación que existe entre su pequeño tamaño, sus posibilidades musicales y su precio módico**, participó en todos los movimientos humanos y musicales del siglo XX: blues, jazz, rock, rythm'n blues… Y se integró fácilmente en las músicas clásicas y tradicionales del mundo entero.

Acompañó a todos los flujos migratorios y fue popularizada por Hollywood. Conquistó sus cartas de nobleza entre las manos de músicos tan diversos y variados como **Stevie Wonder, Little Walter, Toots Thielemans o Howard Levy**, quienes demostraron que musicalidad e imaginación podían trascender este instrumento a la vez muy popular y desconocido.

Único instrumento a través del cual uno puede respirar. Siempre al alcance de la mano, cotidiano, impertinente, la armónica se puede convertir en una extraordinaria compañera.

¡Déjame ayudarte!

Types of Harmonicas

Following your preference and budget, you can choose among three major types of harmonicas.

1. The diatonic harmonica with single reeds

This is the instrument favored by bluesmen; it dominates country music, rock, folk and now jazz and world music. A particular technique, "bending" (alteration of sound), characterizes the unique sound of this instrument and allows one to play the majority of sharps and flats. The diatonic harmonica is available in all major key tunings as well as in minor keys and special tunings.

Tipos de armónica

Según tus gustos y tu presupuesto, escogerás principalmente entre tres tipos de armónicas.

1. La armónica diatónica de simple lengüeta

Instrumento favorito de los bluesmen, conquistó la música Country, el Rock, el Folk y ahora el jazz y la World Music. Una técnica particular: el "bending" (**alteración**) caracteriza la sonoridad propia del instrumento y permite obtener la mayor parte de los sostenidos y de los bemoles. Existe en todas las tonalidades, también en menor y en afinaciones especiales.

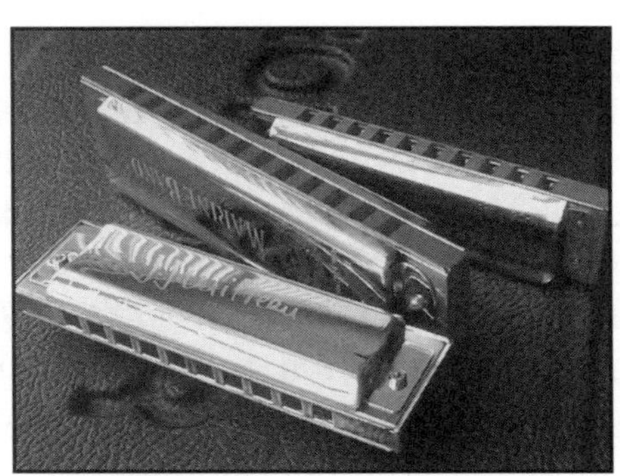

Since keys of harmonicas are indicated by alphabetical letters, we will use them throughout this method, both in the text and tablature. Standard English alphabet symbols and their international equivalents are:

♭ = Flat ♯ = Sharp

Como las tonalidades de las armónicas están indicadas por letras, a lo largo de este método utilizaremos, en las figuras y los comentarios, la notación musical internacional estándar para nombrar las notas:

♭ = Bemol ♯ = Sostenido

A = La	B♭ = Si bemol (Si♭) o La sostenido (La♯)
B = Si	C = Do
D♭ = Re bemol (Re♭) o Do sostenido (Do♯)	D = Re
E♭ = Mi bemol (Mi♭) o Re sostenido (Re♯)	E = Mi
F = Fa	F♯ = Fa sostenido (Fa♯) o Sol bemol (Sol♭)
G = Sol	A♭ = La bemol (La♭) o Sol sostenido (Sol♯)

2. The diatonic harmonica with double reeds

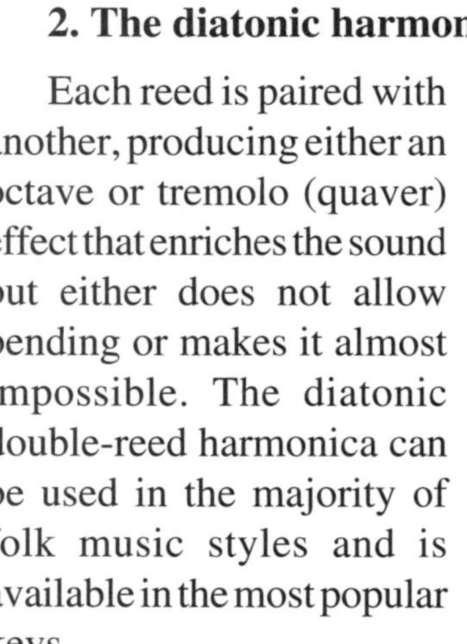

Each reed is paired with another, producing either an octave or tremolo (quaver) effect that enriches the sound but either does not allow bending or makes it almost impossible. The diatonic double-reed harmonica can be used in the majority of folk music styles and is available in the most popular keys.

2. La armónica diatónica de doble lengüeta

Cada lengüeta está doblada a la octava o en trémolo, lo que enriquece la sonoridad pero no permite el "bending" (alteración) o lo convierte en algo casi imposible. Conviene en la mayor parte de las músicas folclóricas. Existe en las tonalidades más corrientes.

3. The chromatic harmonica

A complete instrument with eight, ten, twelve, fourteen or sixteen holes (3 or 4 octaves). The chromatic harmonica allows performance in every key. A slide button produces sharps and flats. This instrument is ideal for playing jazz or even classical music.

3. La armónica cromática

Instrumento completo con ocho, diez, doce, catorce o dieciséis orificios (tres o cuatro octavas). Permite tocar en todas las tonalidades. Un sistema de cursor produce los sostenidos y los bemoles. Es el instrumento ideal para tocar jazz e incluso música clásica.

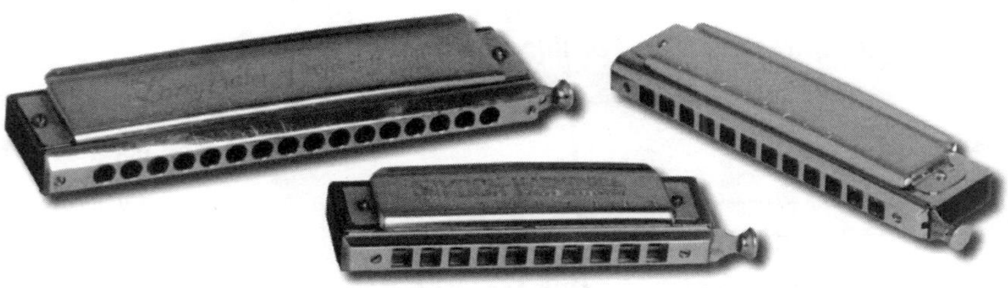

4. Special models

Special types of harmonicas have been designed to play chord backup, bass or serve other functions.

4. Los modelos especiales

También existen armónicas para tocar acordes y acompañar; armónicas de bajos y ciertos modelos especiales.

How does the harmonica work?

Each hole allows access to two notes: one when you blow and another when you draw air. The notes are produced by pre-tuned metallic reeds which vibrate with the breath and are not affected by the strength of the breath; there is a way, however, to "work" the pitch and expression. Harmonica players call this technique "bending".

The faster the reeds vibrate, the higher the pitch; a slower vibration produces a lower pitch. The pitch depends on the length of the reed, and even more important–the weight of the vibrating extremity. Try an experiment: holding a knife on the edge of a table, you'll see how the handle vibrates lower than the blade.

¿Cómo funciona tu armónica?

Cada alvéolo (canal) permite un acceso a dos notas: una al soplar y otra al aspirar. Las notas son producidas por lengüetas metálicas pre-afinadas que entran en vibración bajo el efecto del aliento, cuya potencia no influye sobre la nota. Sin embargo, al modificar la forma de la boca, es posible "trabajar" la nota en altura y en expresión. Los armonicistas llaman a esta técnica "bending" (**alteración**).

Cuanto más rápidamente vibre la lengüeta, más aguda será la nota y cuanto más lentamente vibre más grave será. La nota emitida depende de la longitud de la lengüeta, pero sobretodo del peso de su extremidad vibrante. Haz la experiencia con un cuchillo apoyado sobre el borde de una mesa y verás que el mango vibra más grave que la hoja.

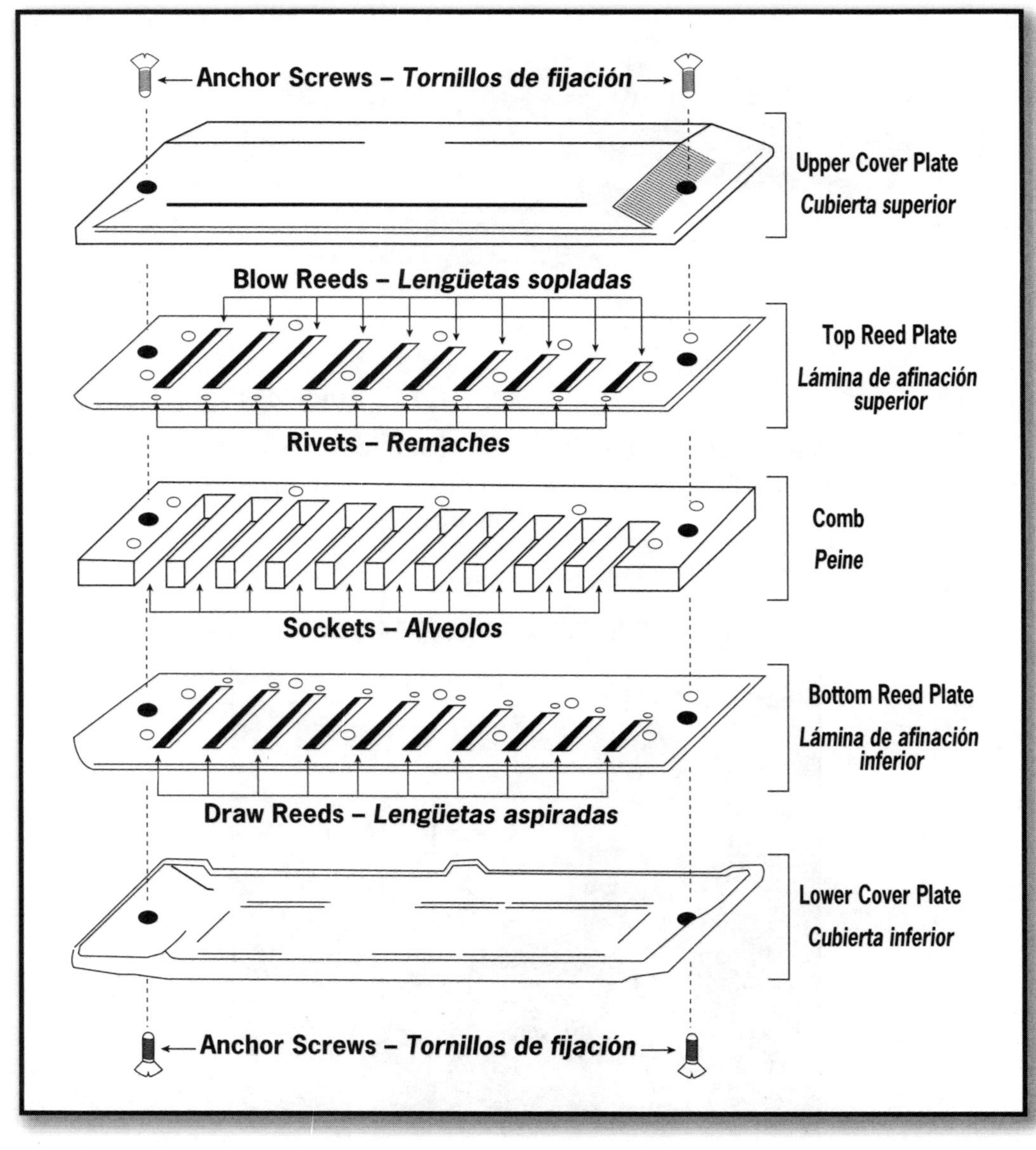

Where do we begin?

Whichever model we choose, there are common rules that apply to every type of harmonica.

A brief anatomy lesson:

¿Por dónde empezar?

Sea cual sea el modelo escogido, existen reglas comunes que valen para todos los tipos de armónicas.

Pequeña lección de anatomía:

The Hands

Hold the harmonica with the lower notes (bass) at the left, between the thumb and other left–hand fingers.

The edge of the harmonica should be positioned in a cavity made by the hand allowing the lips to reach the mouthpiece.

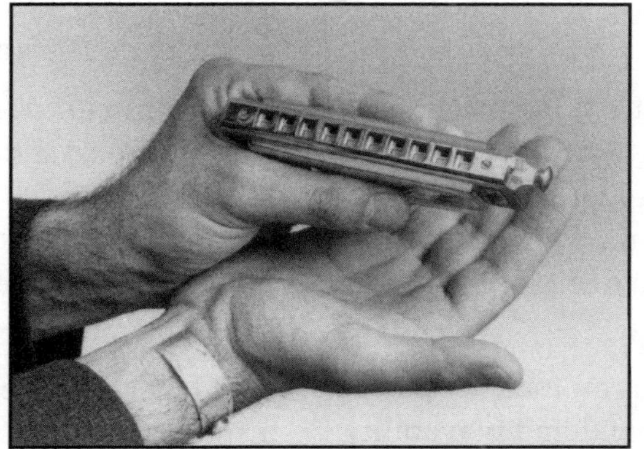

Las manos

La armónica se orienta con las notas bajas hacia la izquierda, entre el pulgar y los otros dedos de la mano izquierda.

El extremo de la armónica tiene que estar bien ubicado en el hueco de la mano, dejando a los labios el acceso a la embocadura.

The right hand is positioned behind the instrument, perpendicular to the left hand. The edge of the left hand should be against the edge of the right hand, forming a cup.

The right thumb can rest against the right side of the harmonica.

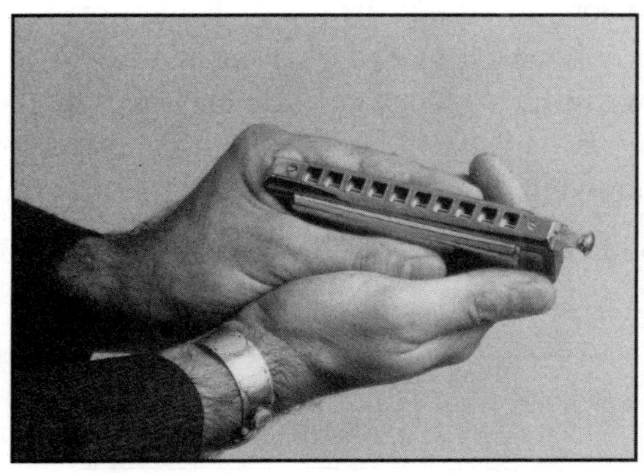

La mano derecha se coloca detrás del instrumento y perpendicular a la mano izquierda. El canto de la mano izquierda tiene que estar contra el canto de la mano derecha, como formando una copa.

Se puede apoyar el pulgar derecho contra el extremo derecho del instrumento.

Choose a comfortable position and practice so that your right hand can rotate easily from the wrist, to be able to modify the sound and press the slide button of the chromatic harmonica.

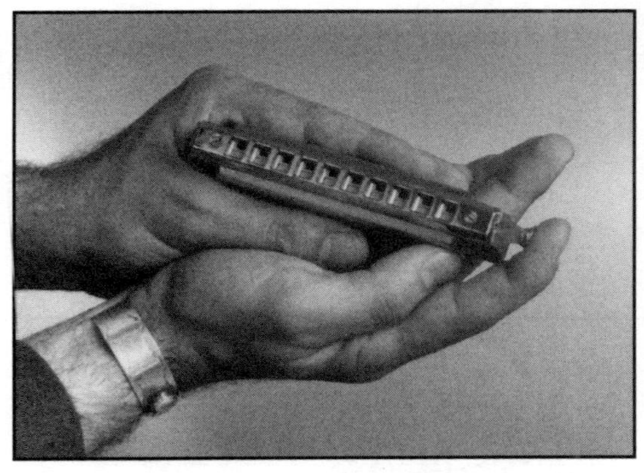

Escoge una posición confortable y práctica para que la mano derecha pueda girar fácilmente sobre la muñeca cuando quieras modificar la sonoridad o accionar el cursor de la cromática.

The Lips

Be careful not to pinch your lips when you play as this can be very annoying and even painful. Place the harmonica between your lips and pronounce the letter "O". That way the mouthpiece will be resting on the wet part of the lips, making it airtight and allowing easier movement of the instrument without irritation and fatigue to the lips.

The position of the lips should be more exaggerated than when you whistle. Try to play one hole at a time. The "dirty" sound produced by playing several holes at the same time is not a real problem. "Pure" sounds do not exist! But it is better to be able to choose the notes we are playing.

Generally, the deeper the harmonica is placed between the lips, the better the sound and playability. Practice will help you find the best position – efficient and relaxed.

The Tongue

Naturally, the tongue is used a lot in playing the harmonica. It is especially utilized to articulate the attack of notes. Depending on the effect we would like to achieve, we will vocalize a vowel, a consonant or a syllable (T, K, L, O, F, GA, etc.) when blowing or drawing.

The following graphics show other interesting uses of the tongue:

Los labios

Cuidado con no pellizcarte los labios al tocar: es muy molesto e incluso doloroso. Pon la armónica entre los labios y pronuncia la letra "O". De esta manera la embocadura estará apoyada sobre la parte húmeda de los labios lo que asegura una mejor hermeticidad y facilita el traslado del instrumento sin irritar ni cansar los labios.

La posición de los labios tiene que ser más exagerada que cuando se silba. Trata de tocar sólo en un orificio a la vez. El sonido "sucio" producido al tocar en varios orificios al mismo tiempo no es verdaderamente un problema. ¡Sonidos "puros" no existen! Pero es más agradable poder escoger lo que se hace.

Generalmente, cuanto más profundamente esté la armónica entre los labios mejor será. La práctica te ayudará a encontrar la posición óptima, eficaz y relajada.

La lengua

Naturalmente, se utiliza mucho la lengua para tocar la armónica. Sirve especialmente para articular el ataque de las notas. Según el efecto que se quiera producir, se pronunciará una vocal, una consonante o una sílaba (T, K, L, O, F, GA, etc.) tanto al soplar como al aspirar.

Las figuras que siguen ilustran otras utilizaciones interesantes de la lengua:

The Trill Effect

The mouth covers two holes; the tongue moves laterally to alternately block one or the other.

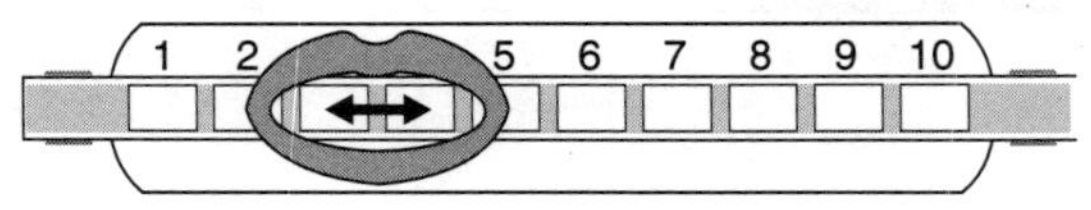

Efecto de trino

La boca cubre dos orificios: la lengua se traslada lateralmente para poder tapar alternativamente uno u otro.

The Octave Effect

The mouth covers four holes; the tongue blocks the two middle holes so only the lateral notes are heard; when blown, the same note is heard an octave apart.

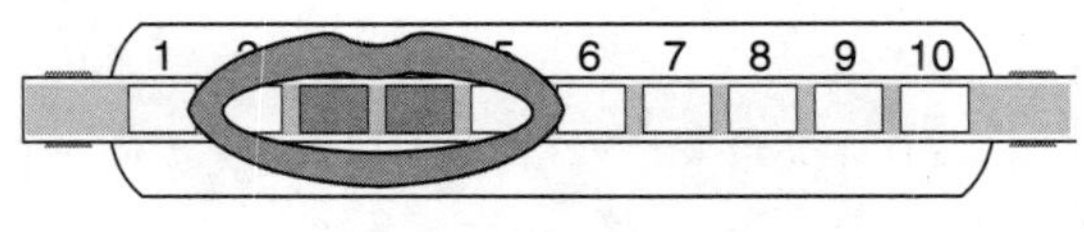

Efecto de octava

La boca cubre cuatro orificios: la lengua tapa los dos orificios centrales y sólo se oyen las notas exteriores; al soplar se consiguen las dos mismas notas a la octava.

Rhythmic Effect ("Tongue Blocking")

The mouth covers four holes; The tongue rhythmically blocks and unblocks three holes to produce the effect of accompaniment to the melody.

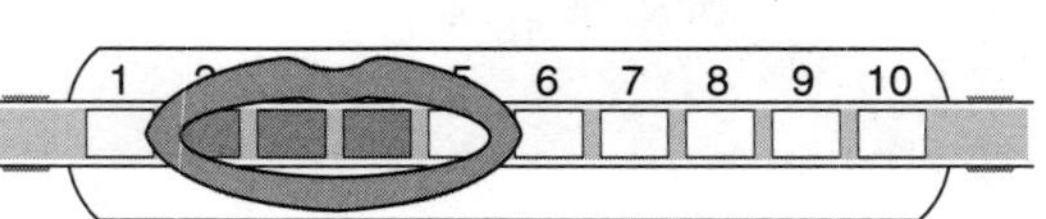

Efecto rítmico ("Tongue blocking")

La boca cubre cuatro orificios: la lengua tapa y destapa rítmica y simultáneamente tres de ellos para producir un efecto de acompañamiento de la melodía.

The Jaw

Practice playing each note, blowing or drawing to produce a sound as clear as possible. You will see that the more you lower your jaw, the fuller the sound, while if you clench in your teeth, the sound becomes high-pitched. Listen to the effect produced by lowering your jaw suddenly while drawing, and closing it when you blow.

The Throat

The throat is like a valve that regulates air flow. It opens and closes to make the attack more guttural (GO, GO, GO ...) or to produce a vibrato effect on a note either blown or drawn (like pronouncing HHA, HHA, HHA... with more or less intensity).

The Nose

The nose is the valve that allows us to draw in the necessary air and expel the excess while playing. Be careful not to let this become an uncontrolled reflex since the air must go through the instrument primarily. Practice will allow you to achieve good results using less and less air.

La mandíbula

Entrénate a producir cada nota, soplada o aspirada, lo más claramente posible. Ya verás que, cuanto más bajas la mandíbula inferior, más redondo es el sonido, mientras que, al cerrar los dientes, el sonido se vuelve más agudo. Escucha el efecto producido al abrir la mandíbula de golpe cuando aspiras y al cerrarla cuando soplas.

La garganta

La garganta es como una válvula de regulación del aire. Se abre y se cierra para que el ataque de la nota sea más gutural (GO, GO, GO ...) o para producir un efecto de vibrato sobre una nota soplada o aspirada (como si se pronunciara HHA, HHA, HHA... con más o menos intensidad).

La nariz

La nariz es la válvula que permite inspirar o expirar el aire necesario o sobrante cuando se está tocando. Cuidado, esta oportunidad no se tiene que transformar en un reflejo incontrolado, ya que el aire tiene que pasar en prioridad por el instrumento. La práctica te permitirá conseguir un buen resultado utilizando cada vez menos aire.

Linda Hopkins, B.B. King, Marva Wright, J.J. Milteau

"Bending"

The "bending" technique gives life and expression to your interpretation and transforms the diatonic harmonica into a chromatic instrument.

This technique is used with any harmonica with single reeds and consists of lowering the note produced by a reed by a half step, a full step or even 1 and 1/2 steps. With the chromatic harmonica equipped with the slide, this technique works more or less with every note. With the diatonic harmonica, it is possible to bend the highest note produced by any given hole down to that hole's lowest note, that is, by drawing on holes 1–6 and blowing on holes 7–10 (see the chart below).

To begin, imagine that you are drawing or blowing on a blocked straw. The tongue rises toward the back of the roof of the mouth and the tip is placed behind the lower teeth. Pronounce "AHUH" when you draw and "TIHUH" when you blow. The tongue moves backward as if trying to roll a table tennis ball from the harmonica toward the throat.

Try to say "AHH-KOUHH" while inhaling. Draw "AHH" normally and "KOUHH" as hard as you can in hole #2. If you whistle (inhaling) a descending scale: C, B, A, G, etc., the movement of the tongue is very similar to the one used for "bending". Some people use the lips, the throat or the angle of the harmonica; to each his or her own technique. A bit of advice: Think the note lower. This will help you!

At first, the desired result is achieved by accident and later becomes automatic.

"Bending" (Alteración)

El "bending" (alteración) da vida y expresión a tu interpretación y transforma la armónica diatónica en instrumento cromático.

Esta técnica se practica con cualquier armónica de simple lengüeta y consiste en bajar la nota producida por una lengüeta un semitono, un tono e incluso un tono y medio. Si se trata de la cromática, equipada de válvulas, esto funciona más o menos con todas las notas. Con la diatónica se puede bajar la nota más alta de un orificio hasta la nota más baja, es decir, aspirando hasta la casilla 6 y soplando más allá.

Para empezar, imagínate aspirando o soplando en una paja tapada. La lengua sube hacia el fondo del paladar y su punta se ubica detrás de los dientes de abajo. Pronuncia "AHUH" al aspirar y "TIHUH" al soplar. La lengua va para atrás como si se tratara de hacer rodar o aspirar una pelota de ping pong desde la armónica hacia la garganta.

Trata de pronunciar "AHH KOUHH" aspirando. Aspira "AHH" normalmente y "KOUHH" lo más fuerte posible (en la casilla 2). Si silvas una escala descendiente: Do, Si, La, Sol, etc. aspirando, el movimiento de la lengua se parece mucho al que se utiliza para el "bending" (alteración). Algunos utilizan los labios, la garganta o la orientación de la armónica: a cada cual su propia técnica. Un pequeño consejo: imagina la nota más baja; ¡te ayudará!

Al principio, se obtiene este resultado accidentalmente y después se convierte en un automatismo.

Interval	"Bends" (Alteraciones)											Intervalo
1 And A Half Steps			A♭									1 Tono 1/2
1 Step		F	A									1 Tono
1/2 Step	D♭	G♭	B♭	D♭	(E)	A♭						1/2 Tono
	1	2	3	4	5	6	7	8	9	10		
Draw Notes	D	G	B	D	F	A	B	D	F	A	C	Notas Aspiradas
Blow Notes	C	E	G	C	E	G	C	E	G	C		Notas Sopladas
							7	8	9	10		
1/2 Step							(B)	E♭	G♭	B		1/2 Tono
1 Step								D	F	B♭		1 Tono

Using a single-reed diatonic harmonica, a technique known as "overblow" allows the player to bend the notes that normally can't be bent to get the missing sharp/flat notes. When you blow pronouncing "A-HOU" in the first six holes or draw the same way on the last four, you can "let go" with a higher note than the normal one on the opposite reed. Using a C harmonica (as shown) begin by blowing on hole #6 until you get a B-flat. Difficult but exciting!

Sobre una diatónica de simple lengüeta, una técnica llamada en inglés "overblow" (sobresoplado) permite actuar sobre las lengüetas que no se pueden alterar para conseguir las notas que faltan. Al soplar "A-HOU" en los seis primeros orificios y al aspirar de la misma manera en los cuatro últimos, se puede "descolgar" una nota más alta que la de la lengüeta opuesta. Comienza por entrenarte soplando en la casilla 6 de una armónica en C, hasta que consigas un B♭ (Si♭). ¡Difícil pero excitante!

A Little Theory

While the ability to read music has its advantage, it is not required for the beginning harmonica player. Many famous musicians have a working knowledge of music theory but don't read music. Learning to play an instrument presents a good opportunity to start reading. Understanding what we play and being able to communicate with other musicians facilitates dialog and makes it more fun.

There are three main elements in music: melody, harmony and rhythm.

Melody

In every style of music, the melody is composed of a group of notes (and rests) that are differentiated by their pitch (higher or lower), duration and their place in time (rhythmic value).

In the music of the western world, the smallest interval between two notes is a half step: from one guitar fret to another, or from one piano key to the next (black or white key).

Scales are a series of notes separated by set intervals of whole or half steps; the chromatic scale is the only one composed entirely of half steps.

A composer or interpreter chooses the key or tonality according to the sound, range and texture of the voices or instruments.

Scales

The "tonic" is the name given the first note in a scale.

The intervals between notes define a scale.

Un poco de teoría

Si el conocimiento del solfeo será siempre una ventaja, no es indispensable para el armonicista principiante. Numerosos músicos famosos tienen buenas nociones teóricas pero no saben leer la música. El aprendizaje de un instrumento es una buena ocasión para iniciarse. Comprender lo que uno está tocando y poder comunicar con los demás músicos facilita los intercambios y aumenta el placer.

Hay tres elementos principales en la música: la melodía, la armonización y el ritmo.

La melodía

En cualquier tipo de música, la melodía se compone de un conjunto de notas (y de silencios) que se diferencian entre ellas por su altura (más grave o más aguda), su duración y su posición en el tiempo (valor rítmico).

En la música occidental, el intervalo más pequeño entre dos notas es el semitono: de un traste de guitarra a otro, de una tecla de piano a la siguiente, sea esta blanca o negra.

Las escalas son una serie de notas separadas por intervalos precisos: tono o semitono (la escala cromática es la única compuesta solamente de semitonos).

El compositor o el intérprete escoge la tonalidad en función de la sonoridad que busca, de la tesitura de las voces o de los instrumentos.

Las escalas

La "tónica" es la primera nota de la escala.

Son los intervalos entre las notas los que caracterizan una escala.

C Major Scale **Escala de Do Mayor**

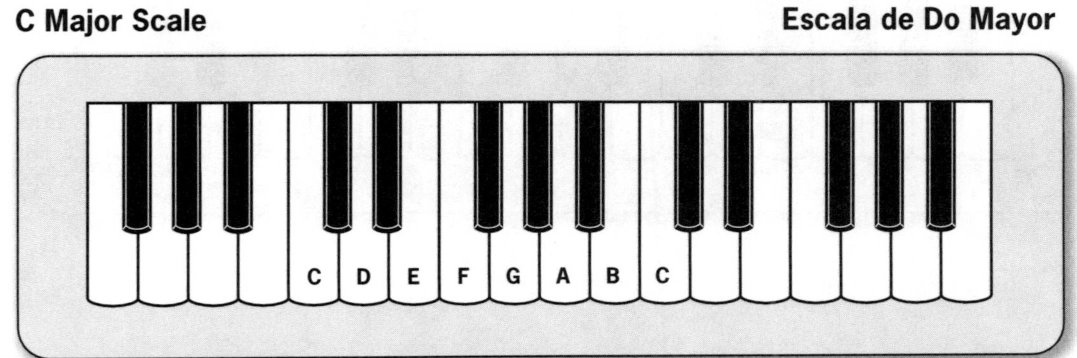

C minor Scale | **Escala de Do menor**

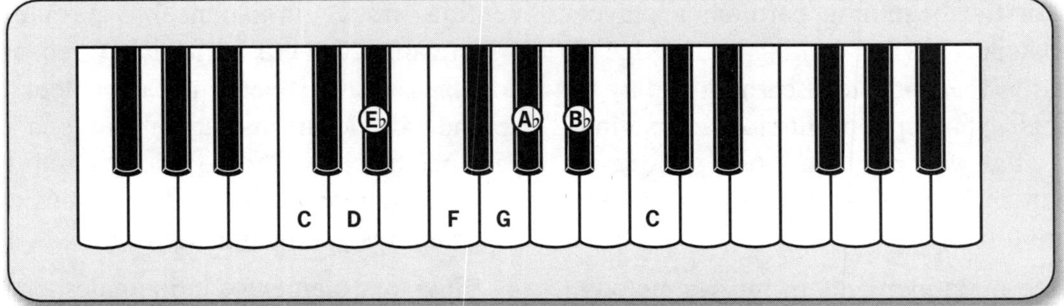

Chords

A chord consists of the first, third and fifth degrees of a scale and is often enriched with other degrees.

Los acordes

Un acorde está formado por el primero, tercero y quinto grado de una escala y muy a menudo puede ser enriquecido por otros grados.

C Major Chord | **Acorde de Do Mayor**

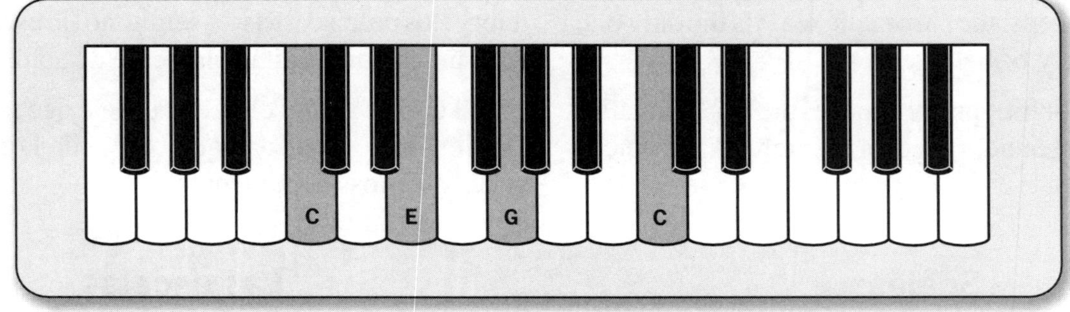

C minor 7 Chord | **Acorde de Do menor 7**

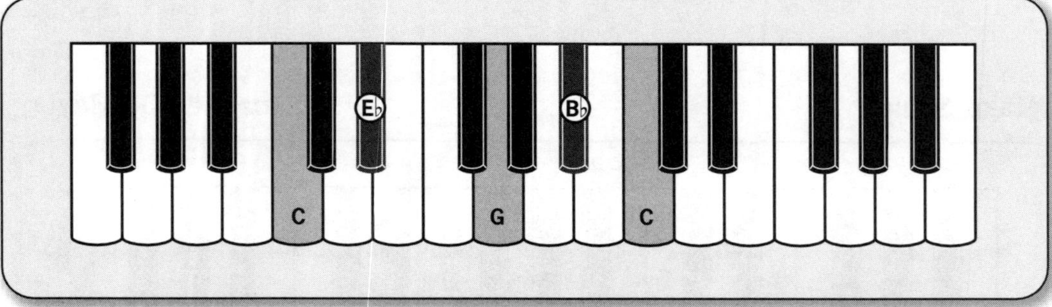

Harmony

A composition is harmonized with a set of chords called a "progression" that can be used as a guide for improvisation.

La armonización

Una composición se armoniza con una serie de acordes representados por una "rueda de acordes" que sirve de apoyo para la improvisación.

A = La | B = Si | C = Do | D = Re | E = Mi | F = Fa | G = Sol

Blues chord progression in C

Rueda de acordes de Blues en C (Do)

C	C	C	C7
F	F	C	C
G7	F	C	C/G7

Improvisation is the creation of an original melodic line in harmony with the chord progression (the ideal is to give the impression that the improvisation itself is creating the chord changes).

Improvisar es crear una línea melódica original en armonía con la rueda de acordes (lo ideal es dar la impresión de que la improvisación crea los cambios de acordes).

Rhythm

Rhythm is an essential element of music, as are melody and harmony. The rhythm indicates the placement and duration of the notes and rests, and the speed of execution of a musical composition, allowing different musicians to play together.

The time signature divides the time within a measure into equal parts (or beats). The most common time signatures are four, three or two beats per measure. Each box in the chord progression above represents a measure. The measure is the most convenient unit to use when improvising or waiting your turn to play.

In a four beat rhythm, while keeping time with your foot, count:

4 quarter notes: ONE, TWO, THREE, FOUR / ONE...

8 eighth notes: ONE and TWO and THREE and FOUR and / ONE...

16 sixteenth notes: ONE a and a, TWO a and a, THREE a and a, FOUR a and a / ONE...

Some rhythms, such as swing, blues, etc., might have three notes per beat and then you'll count: ONE and a TWO and a THREE and a FOUR and a / ONE... etc.

Each note or rest in a musical phrase corresponds to a subdivision of a measure. To each musician, his or her own interpretation!

El ritmo

El ritmo es un elemento esencial de la música, tanto como la melodía o la armonía. Indica: el lugar y la duración de las notas y de los silencios, la velocidad de ejecución de una composición y permite a los músicos tocar juntos.

El compás divide el tiempo en partes iguales. Las más comunes son de cuatro, tres o dos tiempos. Cada uno de los espacios de la rueda de acordes que hemos visto más arriba, representa un compás. Esta unidad es la más cómoda para orientarse cuando se improvisa o cuando se está esperando para tocar.

En un compás de cuatro tiempos, al golpear cuatro veces con el pie, se cuenta:

4 negras: UN DOS TRES CUA(TRO) / UN...

8 corcheas: UN y DOS y TRES y CUA(TRO) y / UN...

16 semicorcheas: UN y y y DOS y y y TRES y y y CUA(TRO) y y y / UN ...

Los músicos llaman a esto **ritmos binarios**.

Los **ritmos ternarios**, por ejemplo: Swing, Blues... se pueden contar: UN y y DOS y y TRES y y CUA(TRO) y y/ UN...

Cada nota o silencio de una frase musical corresponde a una subdivisión del compás. ¡A cada músico su interpretación!

Diatonic Harmonicas

Diatonic Harmonicas are available in several keys; the scale changes but not the intervals. To change keys, simply change harmonicas. The letter on the cover plate indicates the chord played by blowing throughout the length of the harmonica. Each harmonica can be played in three "**positions**" or different tonalities (keys).

Las armónicas diatónicas

Las armónicas diatónicas existen en varias tonalidades: la escala cambia pero los intervalos no. Basta con cambiar de armónica para cambiar de tono. La letra sobre la cubierta indica el acorde soplado a lo largo de la armónica. Cada armónica se puede tocar en tres "**posiciones**" o tonalidades diferentes.

Harmonica / *Armónica*		1	2	3	4	5	6	7	8	9	10	Positions / *Posiciones* 1	2	3
A	Draw - *Aspirar*	B	E	G♯	B	D	F♯	G♯	B	D	F♯	A or/o F♯m	E or/o C♯m	Bm or/o D
	Blow - *Soplar*	A	C♯	E	A	C♯	E	A	C♯	E	A			
B♭	Draw - *Aspirar*	C	F	A	C	E♭	G	A	C	E♭	G	B♭ or/o Gm	F or/o Dm	Cm or/o E♭
	Blow - *Soplar*	B♭	D	F	B♭	D	F	B♭	D	F	B♭			
B	Draw - *Aspirar*	C♯	F♯	A♯	C♯	E	G♯	A♯	C♯	E	G♯	B or/o G♯m	F♯ or/o D♯m	C♯m or/o E
	Blow - *Soplar*	B	D♯	F♯	B	D♯	F♯	B	D♯	F♯	B			
C	Draw - *Aspirar*	D	G	B	D	F	A	B	D	F	A	C or/o Am	G or/o Em	Dm or/o F
	Blow - *Soplar*	C	E	G	C	E	G	C	E	G	C			
D♭	Draw - *Aspirar*	E♭	A♭	C	E♭	G♭	B♭	C	E♭	G♭	B♭	D♭ or/o B♭m	A♭ or/o Fm	E♭m or/o G♭
	Blow - *Soplar*	D♭	F	A♭	D♭	F	A♭	D♭	F	A♭	D♭			

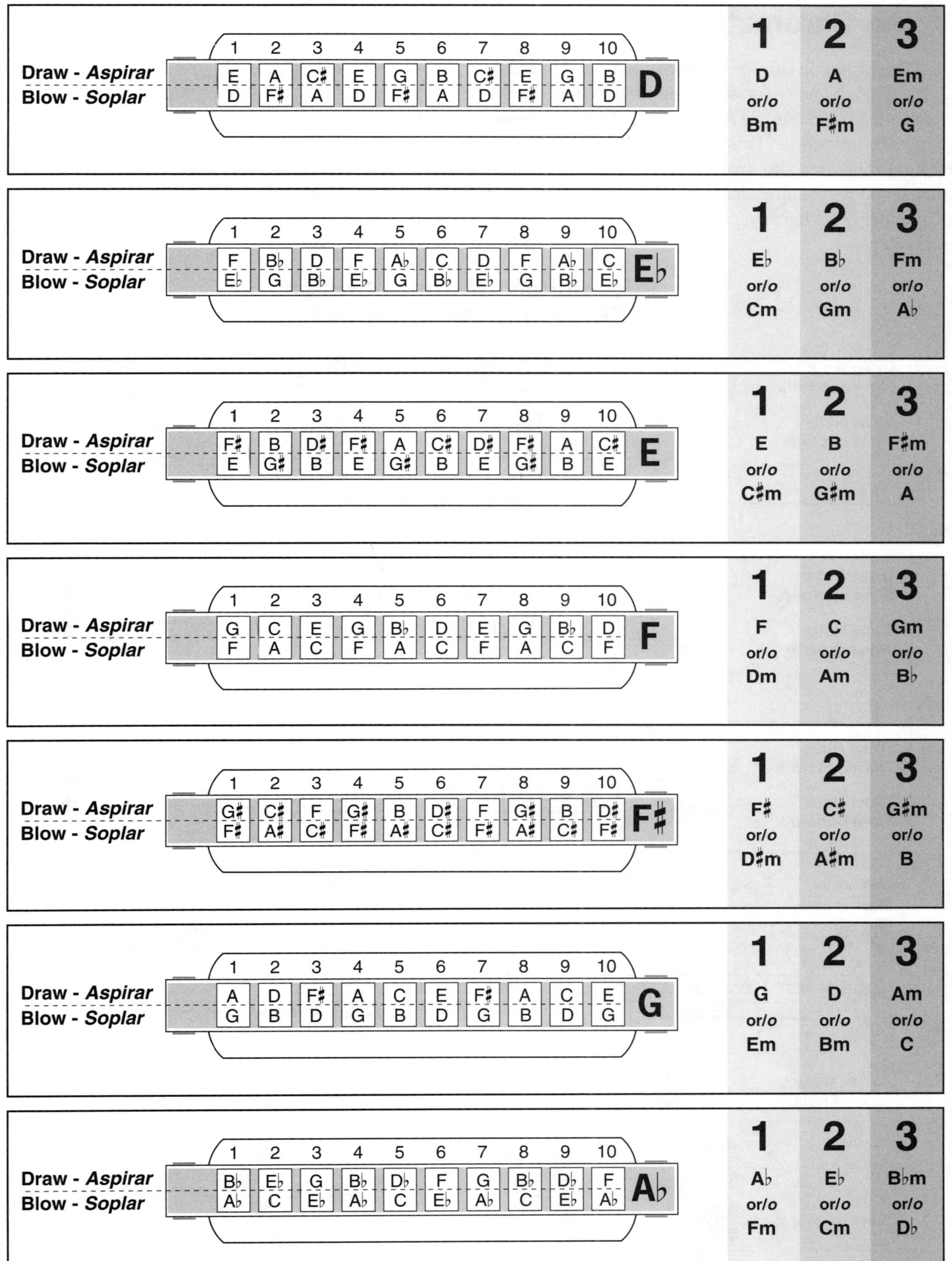

Draw - *Aspirar*
Blow - *Soplar*
1 2 3 4 5 6 7 8 9 10
Draw: E A C♯ E G B C♯ E G B
Blow: D F♯ A D F♯ A D F♯ A D
D
1 2 3
D or/o Bm
A or/o F♯m
Em or/o G
Draw - *Aspirar*
Blow - *Soplar*
1 2 3 4 5 6 7 8 9 10
Draw: F B♭ D F A♭ C D F A♭ C
Blow: E♭ G B♭ E♭ G B♭ E♭ G B♭ E♭
E♭
1 2 3
E♭ or/o Cm
B♭ or/o Gm
Fm or/o A♭
Draw - *Aspirar*
Blow - *Soplar*
1 2 3 4 5 6 7 8 9 10
Draw: F♯ B D♯ F♯ A C♯ D♯ F♯ A C♯
Blow: E G♯ B E G♯ B E G♯ B E
E
1 2 3
E or/o C♯m
B or/o G♯m
F♯m or/o A
Draw - *Aspirar*
Blow - *Soplar*
1 2 3 4 5 6 7 8 9 10
Draw: G C E G B♭ D E G B♭ D
Blow: F A C F A C F A C F
F
1 2 3
F or/o Dm
C or/o Am
Gm or/o B♭
Draw - *Aspirar*
Blow - *Soplar*
1 2 3 4 5 6 7 8 9 10
Draw: G♯ C♯ F G♯ B D♯ F G♯ B D♯
Blow: F♯ A♯ C♯ F♯ A♯ C♯ F♯ A♯ C♯ F♯
F♯
1 2 3
F♯ or/o D♯m
C♯ or/o A♯m
G♯m or/o B
Draw - *Aspirar*
Blow - *Soplar*
1 2 3 4 5 6 7 8 9 10
Draw: A D F♯ A C E F♯ A C E
Blow: G B D G B D G B D G
G
1 2 3
G or/o Em
D or/o Bm
Am or/o C
Draw - *Aspirar*
Blow - *Soplar*
1 2 3 4 5 6 7 8 9 10
Draw: B♭ E♭ G B♭ D♭ F G B♭ D♭ F
Blow: A♭ C E♭ A♭ C E♭ A♭ C E♭ A♭
A♭
1 2 3
A♭ or/o Fm
E♭ or/o Cm
B♭m or/o D♭

The Chromatic Harmonica

The chromatic harmonica often comes in the key of C. It's like having two diatonic harmonicas in the same body: one in C major and another in C-sharp when you press the slide button. This way we can play all 12 notes of the chromatic scale (seven notes of the diatonic scale plus the corresponding sharp and flat notes). With lots of practice, this harmonica will allow you to play in every key.

La armónica cromática

A menudo está en C (Do). Es como si se tratara de dos armónicas diatónicas yuxtapuestas: una en C (Do) mayor y la otra en C (Do) sostenido que se obtiene al accionar el cursor. De este modo se consiguen las doce notas de la escala cromática (las siete de la diatónica más los sostenidos/bemoles correspondientes). Con mucha práctica, esta armónica te permitirá tocar en todas las tonalidades.

Slide Button in Normal Position
Cursor en posición normal

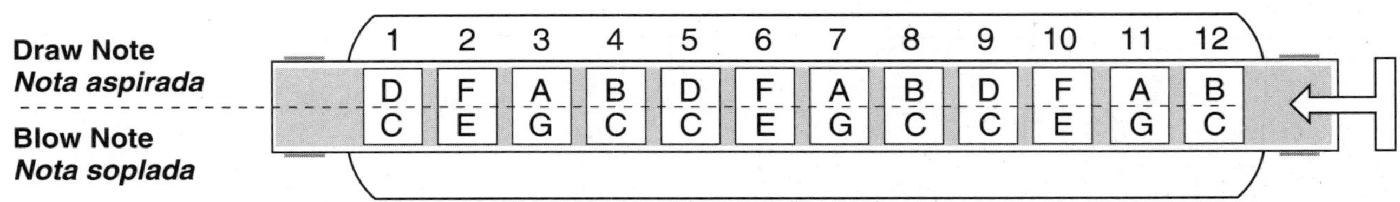

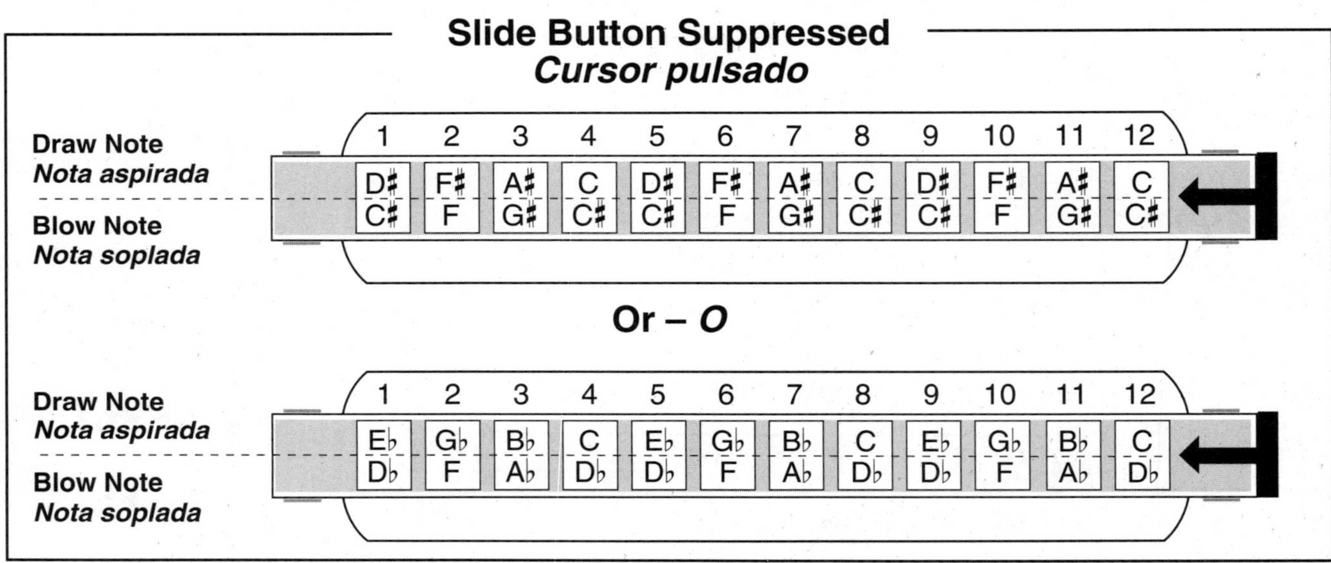

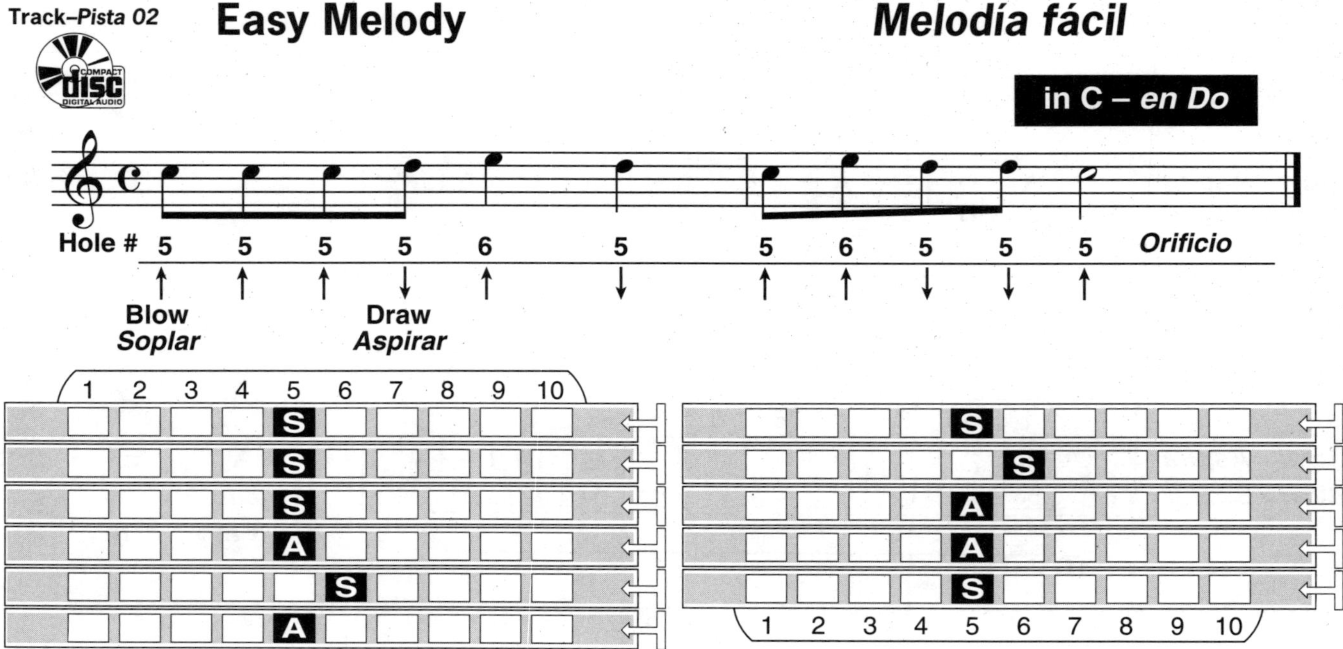

Track–*Pista 03*

in D – *en Re*

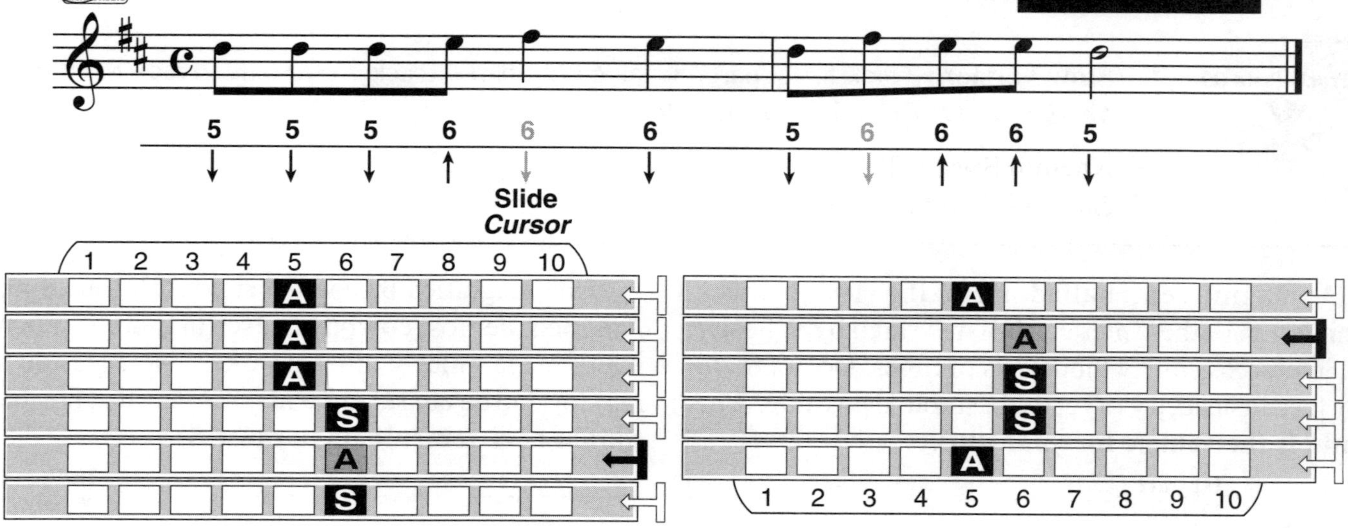

5 5 5 6 6 6 5 6 6 6 5

↓ ↓ ↓ ↑ ↓ ↓ ↓ ↓ ↑ ↑ ↓

Slide
Cursor

1 2 3 4 5 6 7 8 9 10

Track–*Pista 04*

in E – *en Mi*

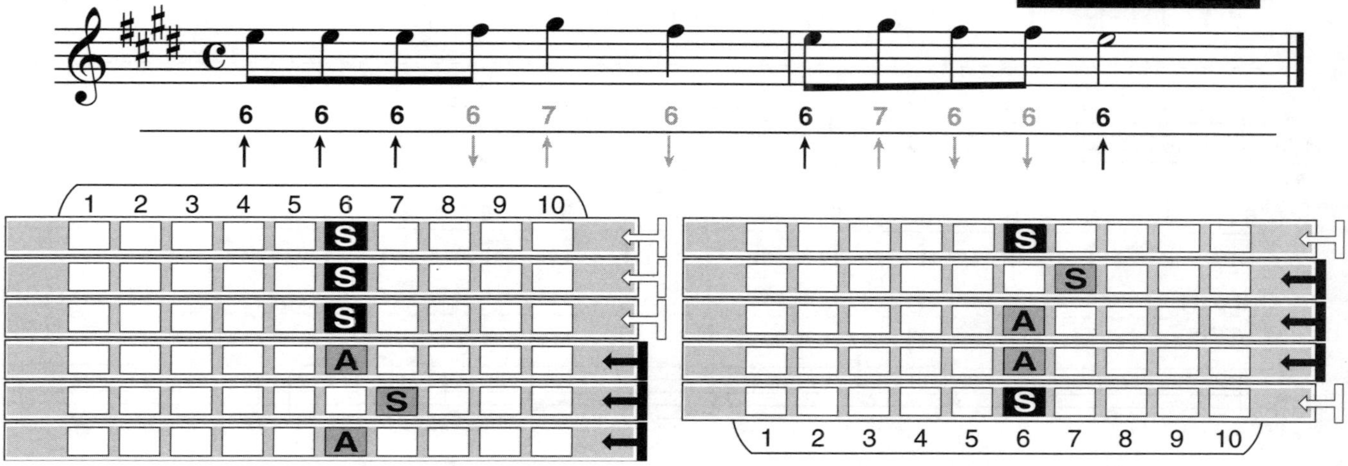

6 6 6 6 7 6 6 7 6 6 6

↑ ↑ ↑ ↓ ↑ ↓ ↑ ↑ ↓ ↓ ↑

1 2 3 4 5 6 7 8 9 10

Harmonica tablature is read from the top down. Each line represents the mouthpiece of the type of harmonica indicated. The letter S means blow, the letter A means draw. The S/A letters are placed in the numbered hole that should be played.

Las tablaturas se leen de arriba hacia abajo. Cada línea representa la boquilla de una armónica cuyo modelo está indicado. Las letras: S para soplar, A para aspirar, están indicadas en la casilla de la nota que debes tocar.

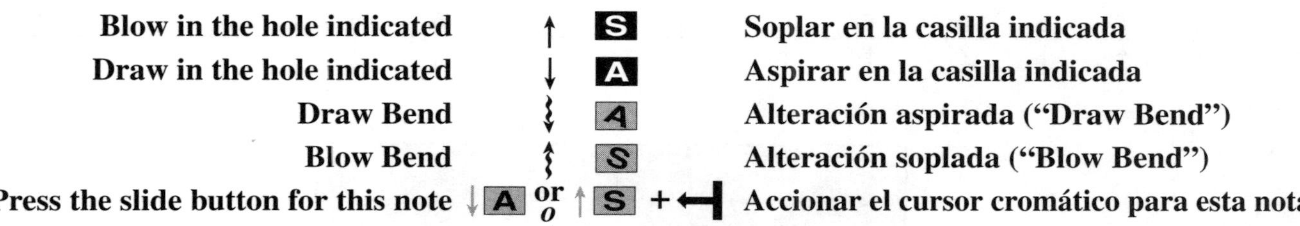

To make reading easier, tablature does not give rhythm information; it only indicates the location of each note on the harmonica. Practice as much as possible while listening to the CD. It's all about the music! All the examples are written for the C harmonica, but the tablature can be used with harmonicas in any key.

Para facilitar tu lectura, la tablatura no da indicaciones rítmicas, sólo marca el lugar de cada nota en la armónica. Practica tu instrumento lo más posible escuchando el CD. ¡Se trata de música! Las tonalidades de los ejemplos se refieren a una armónica en C (Do), pero las tablaturas valen para todas las armónicas.

Oh Suzanna

(Traditional)

O Suzanna

(Tradicional)

Track–Pista 09

Slow Version: Track 5, 1st part / Track 6, 2nd part / Track 7, 3rd part / Track 8, 4th part
Versión lenta: *Pista 5, 1ª parte / Pista 6, 2ª parte / Pista 7, 3ª parte / Pista 8, 4ª parte*

Normal Speed: Track 9
Interpretación normal: *Pista 9*

A magnificent ballad from the 19th century reminiscent of the American West, written by S. Foster and interpreted many thousands of times. Do not try to play fast, instead, try to get the best sound possible. **The sound is the vehicle for your music.**

Una magnífica balada del siglo XIX, que evoca la América de los cowboys, escrita por S. Foster e interpretada miles y miles de veces. No trates de tocar rápido, sino de conseguir la mejor sonoridad posible. **El sonido es el vehículo de tu música.**

1st part / ***1ª parte***

4 4 5 6 6 6 6 5 4 4 4 5 5 4 4 4 4 4
↑ ↓ ↑ ↑ ↑ ↓ ↑ ↑ ↑ ↑ ↓ ↑ ↑ ↓ ↑ ↓ ↑ ↓

2nd part / ***2ª parte***

5 6 6 6 6 5 4 4 4 5 5 4 4 4
↑ ↑ ↑ ↓ ↑ ↑ ↑ ↑ ↓ ↑ ↑ ↓ ↓ ↑

3rd part / ***3ª parte***

5 5 6 6 6 6 5 4 4 4 4
↓ ↓ ↓ ↓ ↑ ↑ ↑ ↑ ↓ ↑ ↓

4th part / ***4ª parte***

5 6 6 6 6 5 4 4 4 5 5 4 4 4
↑ ↑ ↑ ↓ ↑ ↑ ↑ ↑ ↓ ↑ ↑ ↓ ↓ ↑

Merle and Doc Watson

Oh Suzanna

(Traditional)

Diatonic Harmonica

(On a chromatic harmonica, move one box to the right)

O Suzanna

(Tradicional)

Armónica Diatónica

(Sobre la cromática desplázate una casilla hacia la derecha)

Track–*Pista* 05

1	2	3	4	5	6	7	8	9	10
			S						
			A						
				S					
					S				
					S				
					A				
					S				
				S					
			S						
			S						
			A						
				S					
				S					
			A						
			S						
			A						

Track–*Pista* 06

1	2	3	4	5	6	7	8	9	10
			S						
			A						
				S					
					S				
					S				
					A				
					S				
				S					
			S						
			S						
			A						
				S					
				S					
			A						
			A						
			S						

Track–*Pista* 07

1	2	3	4	5	6	7	8	9	10
				A					
				A					
					A				
					A				
					S				
					S				
				S					
			S						
			A						

Track–*Pista* 08

1	2	3	4	5	6	7	8	9	10
			S						
			A						
				S					
					S				
					S				
					A				
					S				
				S					
			S						
			S						
			A						
				S					
				S					
			A						
			A						
			S						

When the Saints Go Marching In

(Traditional) (Tradicional)

Slow Version: Track 10, 1st part / Track 11, 2nd part - **Normal Speed:** Track 12

Versión lenta: *Pista 10, 1ª parte / Pista 11, 2ª parte* - ***Interpretación normal:*** *Pista 12*

A classic tune from the parades in New Orleans that can be adapted to any style. There are two transcriptions that facilitate playing the diatonic blues and "bends". There is a wild version by the harmonica player **Papa Lightfoot**, but unfortunately it is very difficult to find.

Un aire clásico de los desfiles de New Orleans que se puede adaptar a todos los estilos. Transcrito en dos tonalidades, permite abordar el diatónico "Blues" y los "Bendings" (alteraciones). Existe una versión desenfrenada por el armonicista **Papa Lightfoot**, desgraciadamente es muy difícil encontrarla.

Diatonic Harmonica in C – *Diatónica en C*

in C – *en Do*

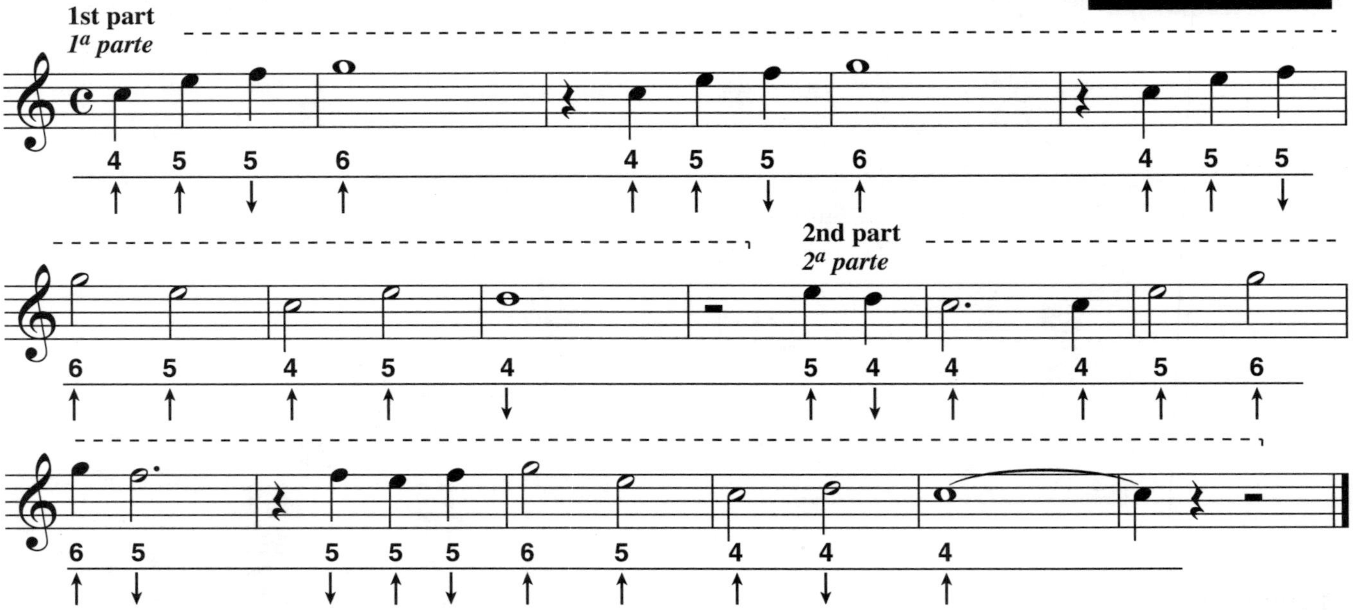

1st part
1ª parte

4↑ 5↑ 5↓ 6↑ 4↑ 5↑ 5↓ 6↑ 4↑ 5↑ 5↓

6↑ 5↑ 4↑ 5↑ 4↓

2nd part
2ª parte

5↑ 4↓ 4↑ 4↑ 5↑ 6↑

6↑ 5↓ 5↓ 5↑ 5↓ 6↑ 5↑ 4↑ 4↓ 4↑

Track–Pista 10

1	2	3	4	5	6	7	8	9	10
			S						
				S					
				A					
					S				
			S						
				S					
				A					
					S				
			S						
				S					
				A					
					S				
				S					
			S						
				S					
			A						

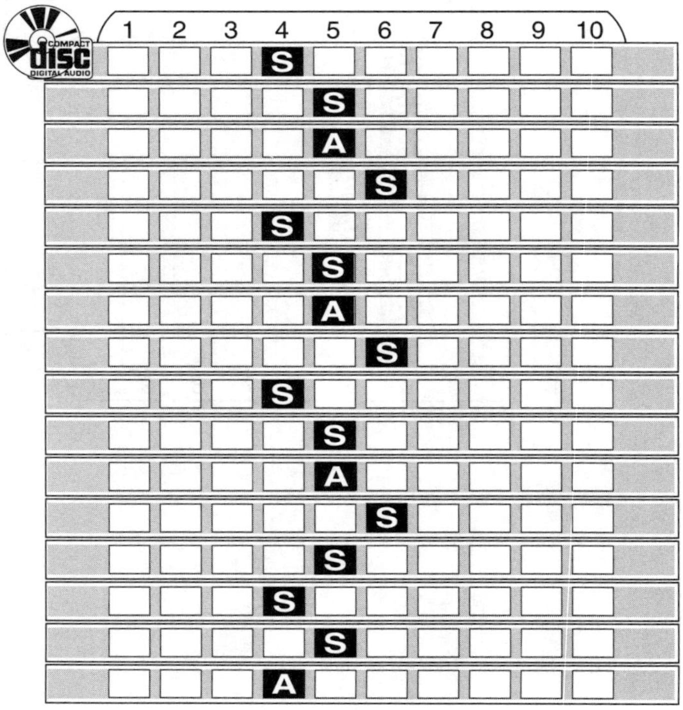

Track–Pista 11

1	2	3	4	5	6	7	8	9	10
				S					
			A						
			S						
			S						
				S					
					S				
					S				
				A					
				A					
				S					
				A					
					S				
				S					
			S						
			A						
			S						

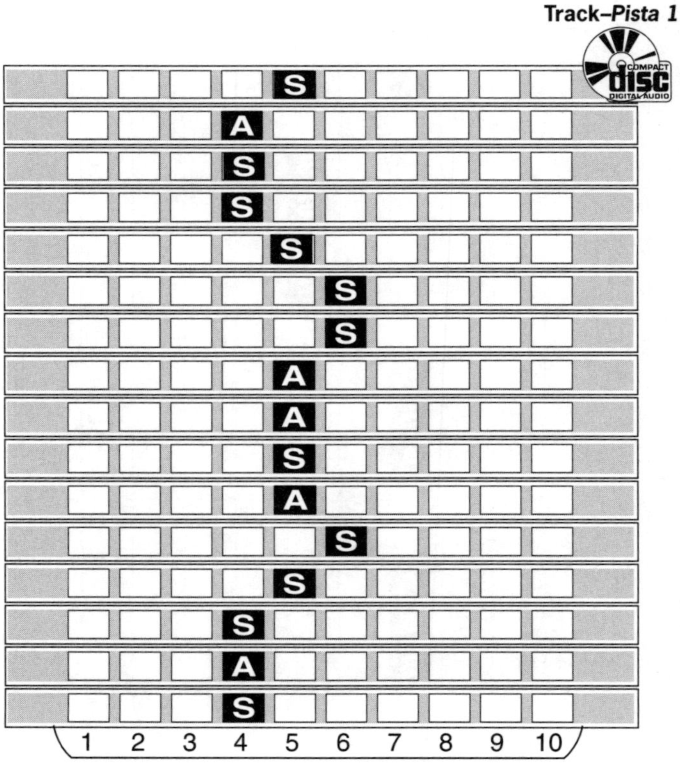

When the Saints Go Marching In

(Traditional) (Tradicional)

Track–*Pista* 15

Slow Version: Track 13, 1st part / Track 14, 2nd part - **Normal Speed:** Track 15

Versión lenta: *Pista 13, 1ª parte / Pista 14, 2ª parte -* ***Interpretación normal:*** *Pista 15*

Welcome to the world of blues! The third hole drawn is the most sensitive and "bluesy" of the diatonic harmonica. The original note can be lowered a half step (the minor third of the chord drawn = blue note), or a full step, or even a step and a half. You'll see that it is not that difficult!

¡Bienvenido al mundo de la armónica Blues! La tercera casilla aspirada es la más sensible, la más "bluesy" de la armónica diatónica. Se puede bajar la nota de origen un semitono (tercera menor del acorde aspirado "blue note"), un tono y hasta un tono y medio. Verás que no es tan difícil.

Diatonic Harmonica in C – *Diatónica en C*

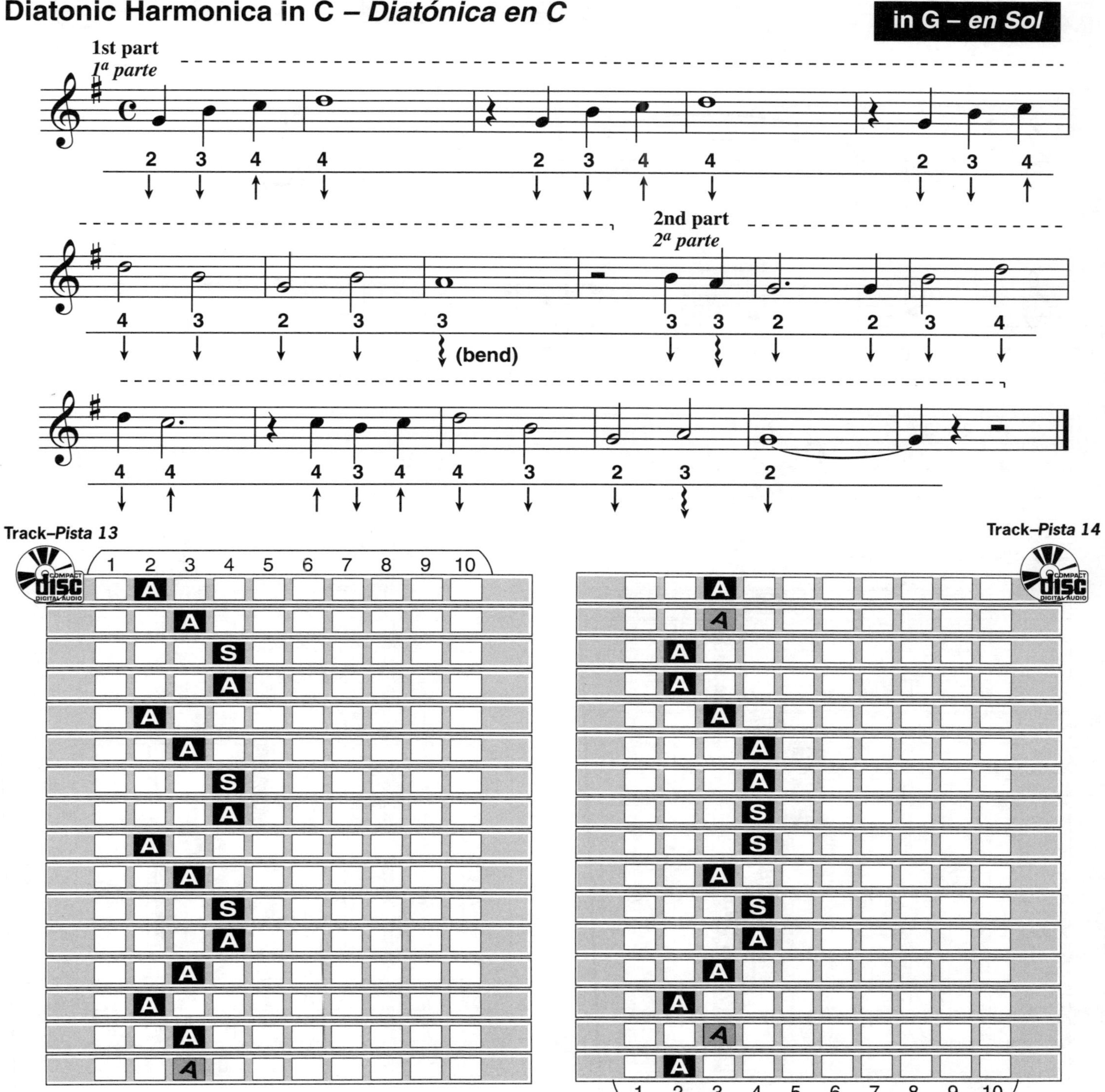

Track–*Pista 16*

Amazing Grace

(Traditional)

This is a traditional spiritual transcribed in three different keys for the same harmonica. In C you can use the top octave which is astonishing on the diatonic harmonica! since the drawn notes are one box to the right of the blown notes. This is a "defect" that will change into an advantage when you play the blow bends. What an amazing instrument!

(Tradicional)

Canto religioso tradicional transcrito en tres tonalidades para la misma armónica. Estudiar las tres te ayudará a comprender mejor tu instrumento. En Do, puedes abordar la octava superior (¡sorprendente en la diatónica esta octava!) ya que las notas aspiradas se ven desalineadas una casilla hacia la derecha de las notas sopladas. Un "defecto" que se transformará en una ventaja cuando vayas a tocar las alteraciones sopladas. ¡Que instrumento tan sorprendente!

Diatonic Harmonica in C – *Diatónica en C*

in C – *en Do*

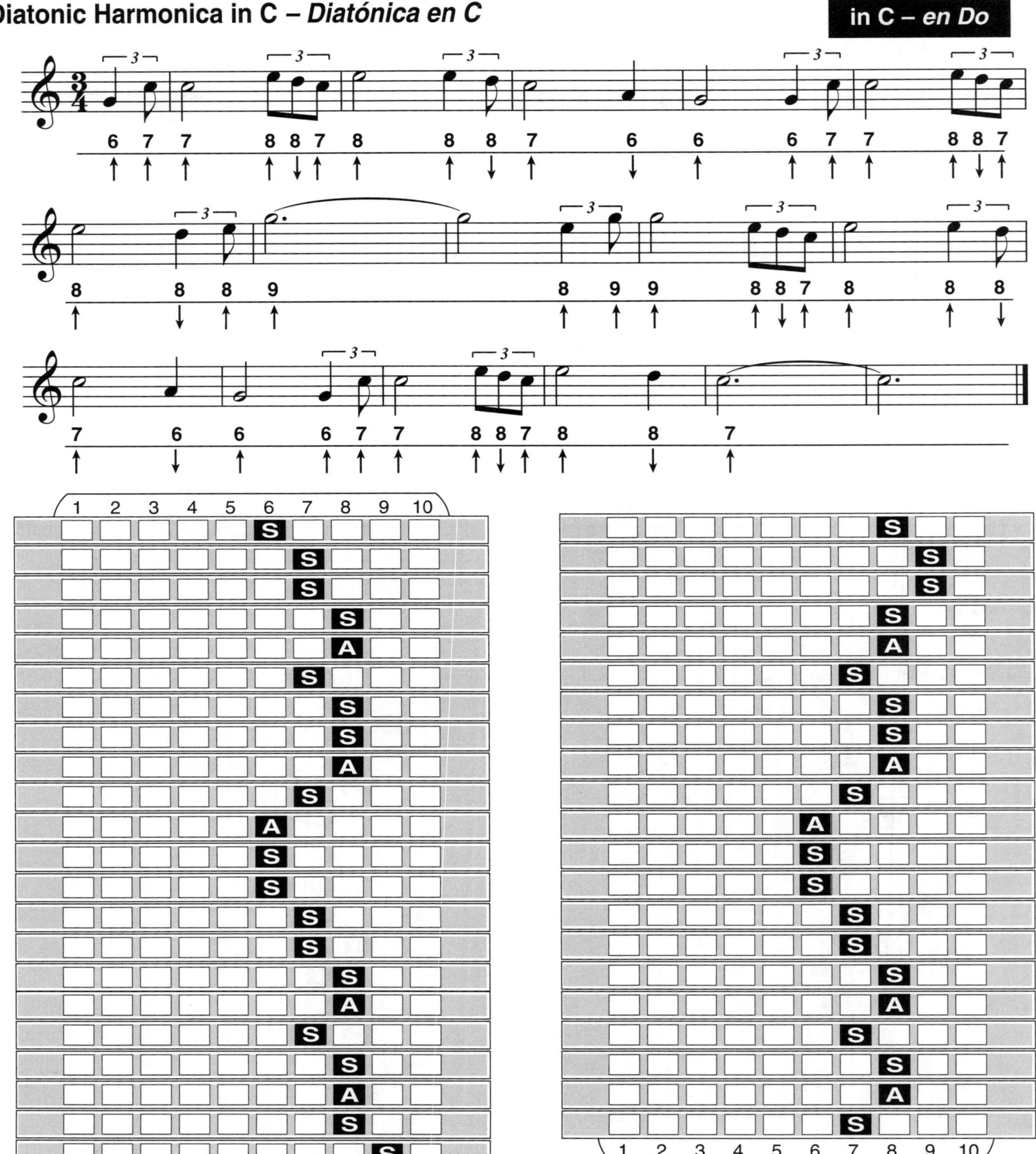

Track–*Pista* 17

Amazing Grace

(Traditional)

This transcription is in a rare key, actually the relative major of the third position (D minor) very much appreciated by "bluesmen" (see page 14). It offers some risks but also some advantages, since it allows direct access to certain intervals. For example, try playing the well known *Yesterday* starting by drawing in hole #2. But for now, let's go back to *Amazing Grace*.

(Tradicional)

Una tonalidad poco habitual que es en realidad la escala relativa mayor de la tercera posición (D menor) muy apreciada por los "Bluesmen" (ver página 14). Comporta algunos riesgos pero también ventajas en cuanto que permite un acceso directo a ciertos intervalos. Como ejemplo, trata de tocar el famoso *Yesterday* empezando en la casilla 2 aspirada. Pero volvamos a *Amazing Grace*.

Diatonic Harmonica in C – *Diatónica en C*

in F – *en Fa*

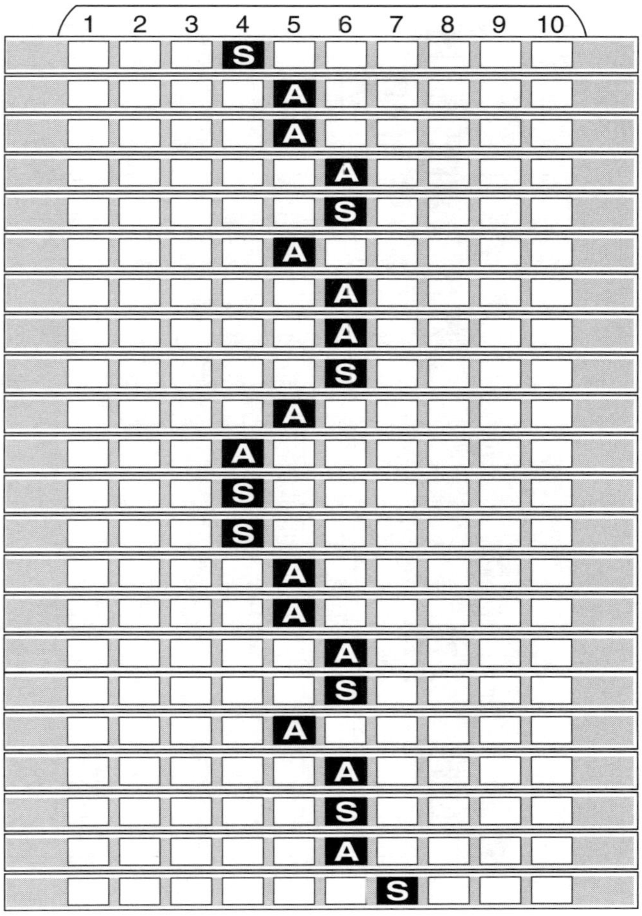

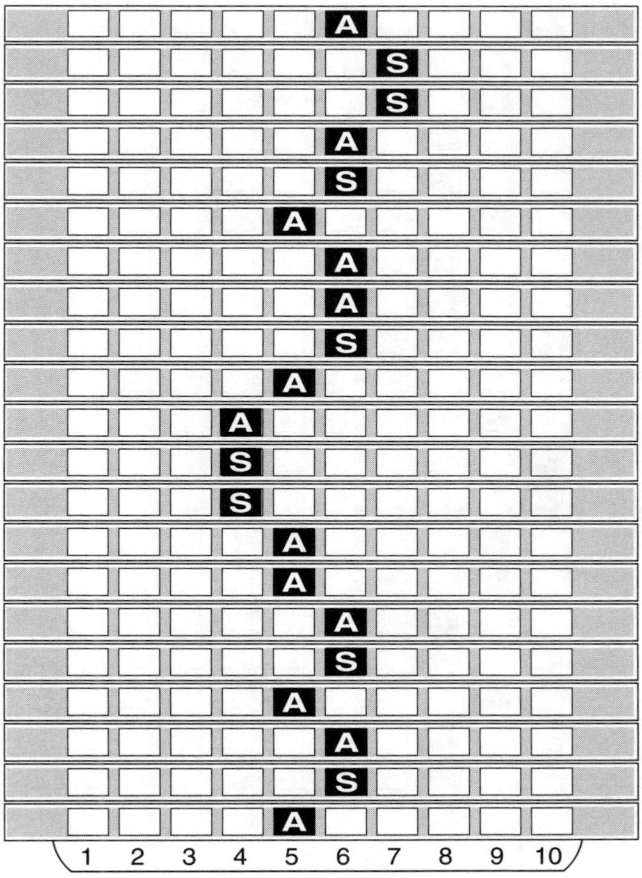

4 5 5 6 6 5 6 6 6 5 4 4 4 5 5 6 6 5
↑ ↓ ↓ ↓ ↑ ↓ ↓ ↓ ↑ ↓ ↓ ↑ ↑ ↓ ↓ ↓ ↑ ↓

6 6 6 7 6 7 7 6 6 5 6 6 6
↓ ↑ ↓ ↑ ↓ ↑ ↑ ↓ ↑ ↓ ↓ ↓ ↑

5 4 4 4 5 5 6 6 5 6 6 5
↓ ↓ ↑ ↑ ↓ ↓ ↓ ↑ ↓ ↓ ↑ ↓

1	2	3	4	5	6	7	8	9	10
			S						
				A					
				A					
					A				
					S				
				A					
					A				
					A				
					S				
				A					
			A						
			S						
			S						
				A					
				A					
					A				
					S				
				A					
					A				
					S				
					A				
						S			

1	2	3	4	5	6	7	8	9	10
					A				
						S			
						S			
					A				
					S				
				A					
					A				
					A				
					S				
				A					
			A						
			S						
			S						
				A					
				A					
					A				
					S				
				A					
					A				
					S				
				A					

Track–*Pista 18*

Amazing Grace

(Traditional)

Let's review the second position. Make sure the bent A in the third hole is right on tune. Often this note is lowered too much. You can use and abuse the throat vibrato, but don't forget to play with the jaw low to achieve a full sound. You can create expressiveness with your hands, changing the sound of your instrument when you close them or open them (vibrato or "wah-wah" effects).

(Tradicional)

Vamos a repasar la segunda posición. Asegúrate de que el A (La) de la tercera casilla alterada ("Bent") está bien afinado. Muy a menudo se baja demasiado esta nota. Puedes usar y abusar del vibrato de la garganta y no te olvides de tocar con la mandíbula inferior baja para obtener un sonido bien redondo. Modela la expresividad con tus manos: al cerrarlas o al abrirlas puedes modificar la sonoridad del instrumento (efecto de vibrato, efecto "wah-wah"...)

Diatonic Harmonica in C – *Diatónica en C*

in G – *en Sol*

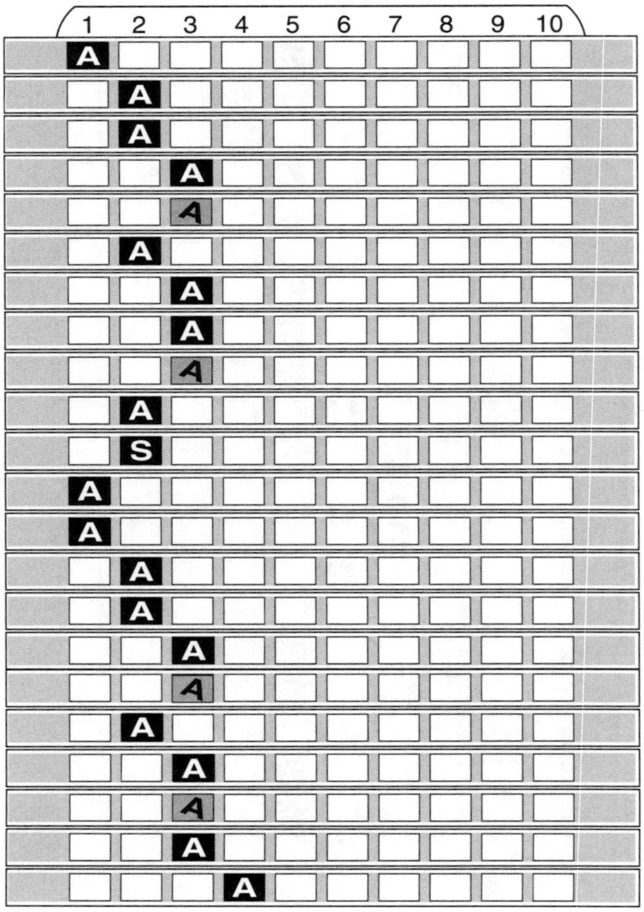

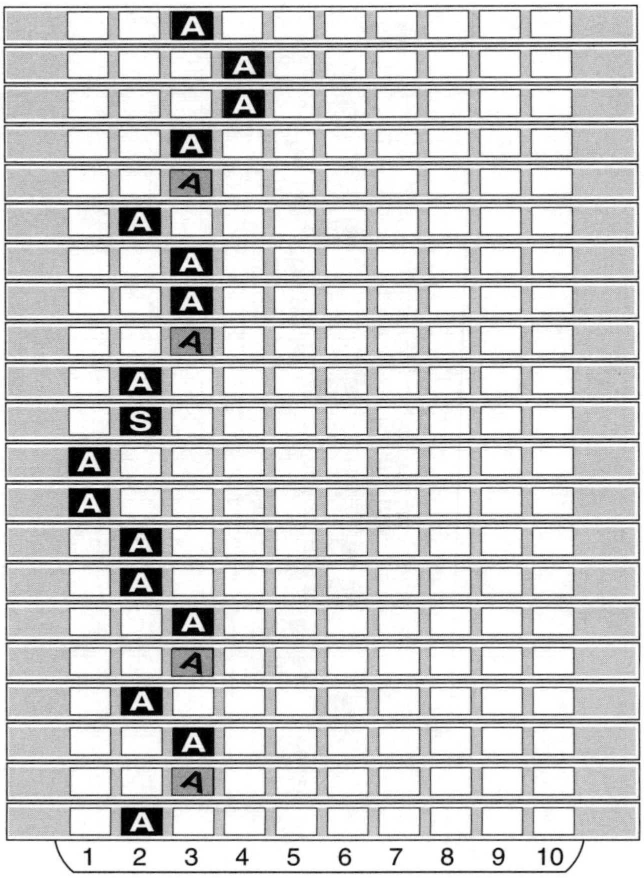

1 2 2 3 3 2 3 3 3 2 2 1 1 2 2 3 3 2

3 3 3 4 3 4 4 3 3 2 3 3 3

2 2 1 1 2 2 3 3 2 3 3 2

1 2 3 4 5 6 7 8 9 10

1 2 3 4 5 6 7 8 9 10

Joshua Fought the Battle of Jericho

(Traditional) (Tradicional)

Track–*Pista 21*

Slow Version: Track 19, 1st part / Track 20, 2nd part - **Normal Speed:** Track 21

Versión lenta: *Pista 19, 1ª parte / Pista 20, 2ª parte* - ***Interpretación normal:*** *Pista 21*

An Afro-American spiritual in a minor mode. It is interesting how the third position on the diatonic harmonica is like the second position essentially played by drawing. Experiment by moving the musical line you are playing by drawing in holes 2, 3, and 4 to holes 4, 5, and 6 also drawing. Listen for the difference in sound; not only does it sound higher but, you are also automatically in a minor mode.
(For a chromatic harmonica move one box to the right)

Negro Spiritual con el cual atacas el modo menor. La tercera posición en la diatónica presenta el interés de ser como la segunda, esencialmente aspirada. Experimenta desplazando las frases musicales que estás tocando de las casillas 2, 3 y 4 aspiradas hacia las casillas 4, 5 y 6 aspiradas. Escucha la diferencia de sonoridad: no sólo suena más agudo sino que te encuentras automáticamente en modo menor.
(Sobre la cromática desplázate una casilla hacia la derecha)

Diatonic Harmonica in C – *Diatónica en C*

in D minor – *en Re menor*

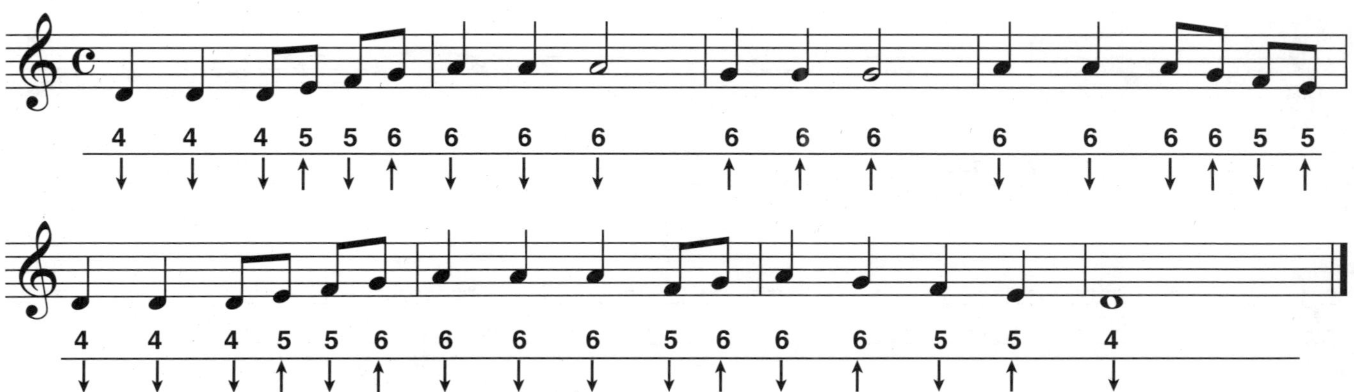

Track–*Pista 19*

1	2	3	4	5	6	7	8	9	10
			A						
			A						
			A						
				S					
				A					
					S				
					A				
					A				
					A				
					S				
					S				
					S				
					A				
					A				
					A				
					S				
				A					

Track–*Pista 20*

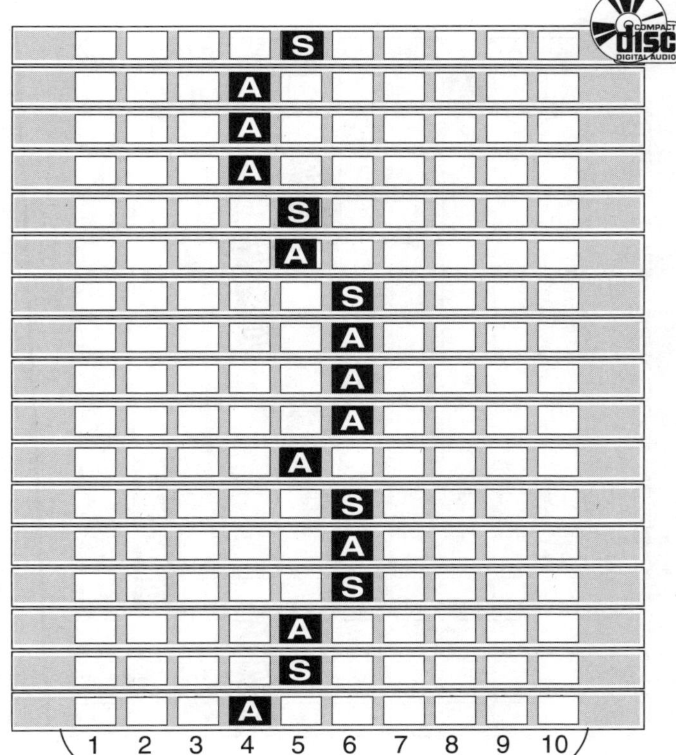

Track–Pista 22

House of the Rising Sun

(Traditional) (Tradicional)

With this traditional American ballad we continue in the minor mode. Since diatonic harmonicas are tuned in a major mode, when we want to play a minor mode we either have to use a chromatic harmonica or the relative minor scale on a diatonic harmonica.

Balada tradicional americana que se transformó en español en *La casa del sol naciente*, con la que continuamos en modo menor. En general, las armónicas están afinadas en modo mayor. Cuando quieras tocar en modo menor, tendrás que utilizar la cromática o las escalas relativas.

Chromatic Harmonica in C – *Cromática en C*

in D minor – *en Re menor*

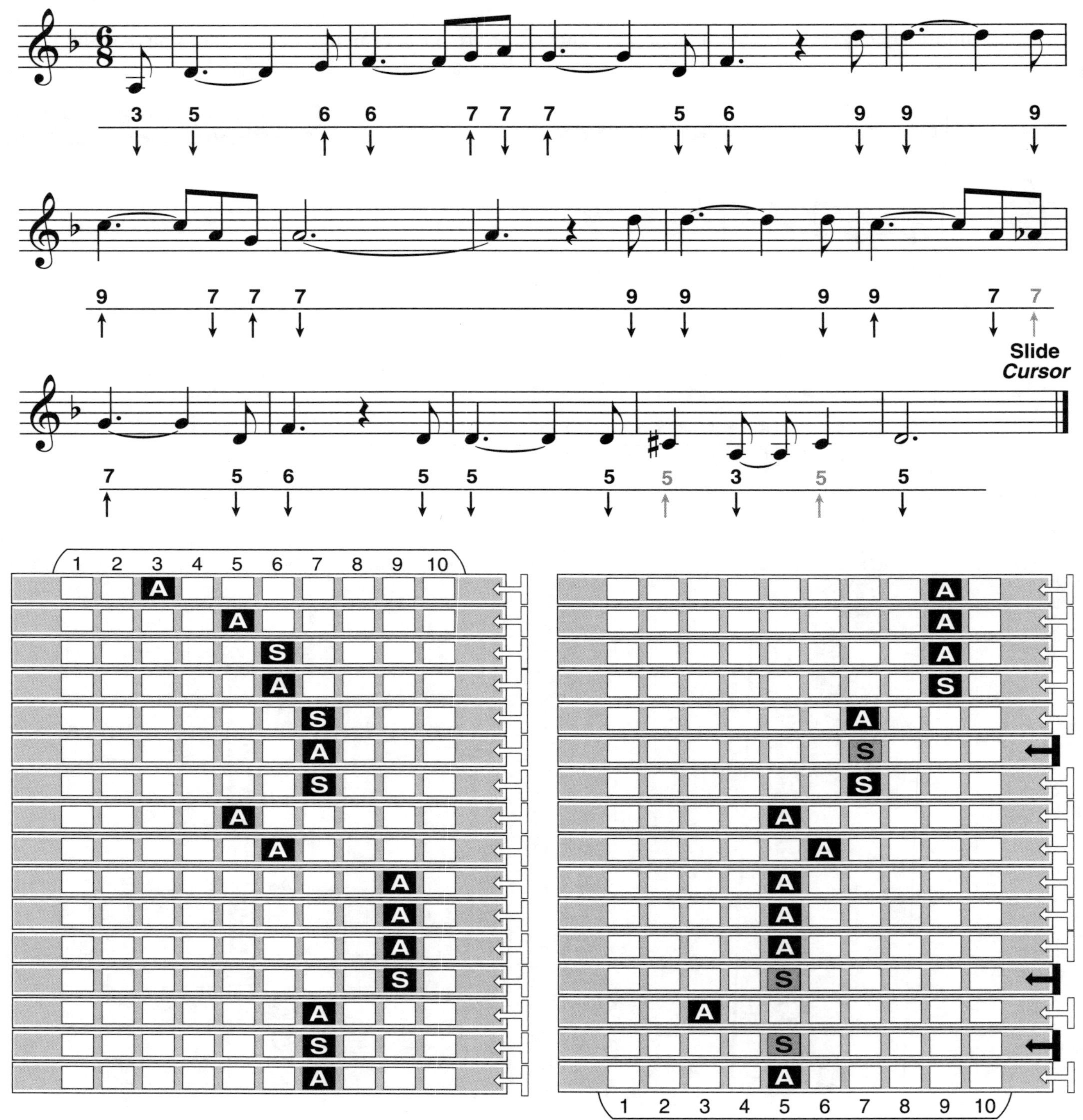

Track–*Pista 23*

House of the Rising Sun

(Traditional)

For each major mode there is a relative minor mode (and vice versa) using the same notes, but building from a different root note, and therefore a different tonic chord. For example, C major is the relative major of A minor.
Watch out, this is the first "blow bend" you are going to try!

(Tradicional)

A cada tonalidad mayor corresponde una tonalidad menor (e inversamente) con las mismas notas, pero construidas a partir de una tónica diferente y por consiguiente en un acorde diferente. Por ejemplo: C (Do) mayor y A (La) menor.
¡Cuidado, es la primera alteración soplada ("Blow Bend") que vas a intentar!

Diatonic Harmonica in C – *Diatónica en C*

in A minor – *en La menor*

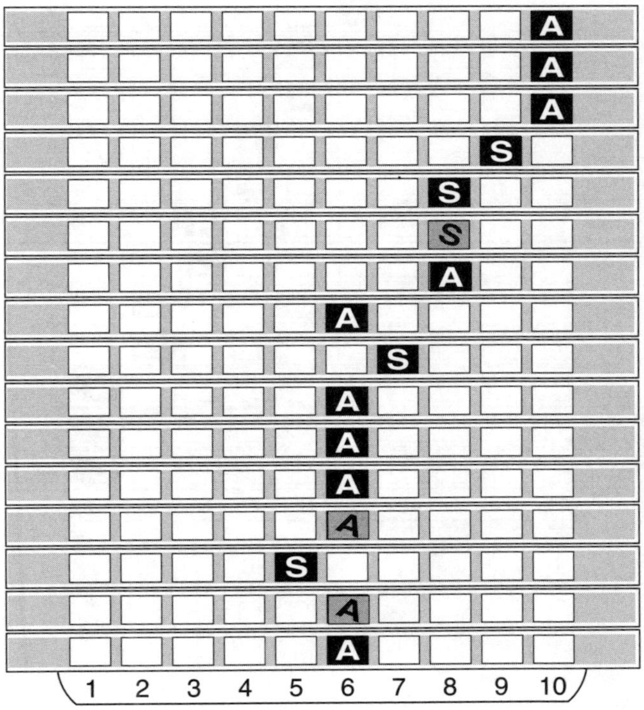

5 6 7 7 8 8 8 6 7 10 10 10

9 8 8 8 10 10 10 9 8 8

8 6 7 6 6 6 6 5 6 6

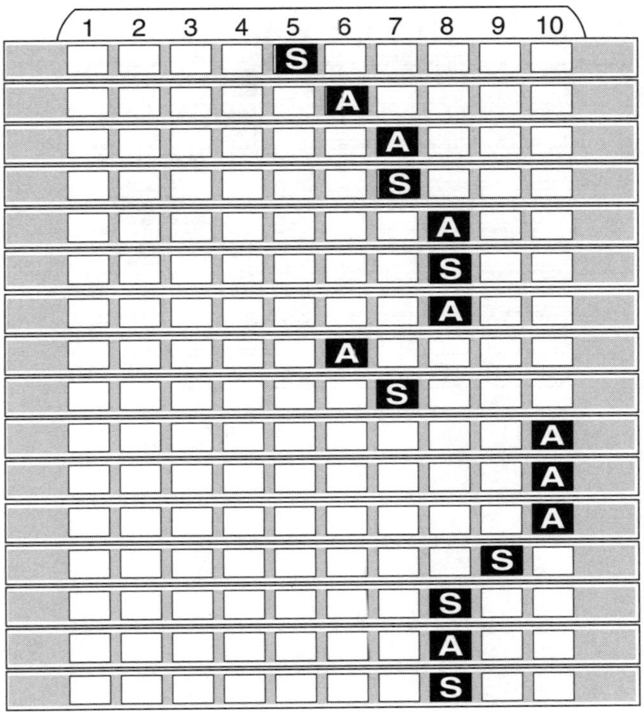

1	2	3	4	5	6	7	8	9	10
				S					
					A				
						A			
						S			
							A		
							S		
							A		
					A				
						S			
									A
									A
									A
								S	
							S		
							A		
							S		

1	2	3	4	5	6	7	8	9	10
									A
									A
									A
								S	
							S		
							S		
							A		
					A				
						S			
					A				
					A				
					A				
					A				
				S					
					A				
					A				

A Few Useful Scales

Although practicing scales is a little boring, scale study allows us to discover new sounds and some of the incredible possibilities that this instrument offers. You can make it fun to play each scale. Play a familiar melody and try to improvise; even if it isn't perfect, it will help you a lot in your progress.

Algunas escalas útiles

Aunque estudiar escalas se considera algo pesado, su estudio permite descubrir nuevas sonoridades y las increíbles posibilidades que ofrece el instrumento. Puedes divertirte con cada una de ellas. Tocar una melodía familiar, tratar de improvisar, aunque sea torpemente, te ayudará muchísimo para ir adelante.

The C Major Scale

You have to get your feet wet! Notice that this scale is also the scale of D minor (Dorian); just play the same notes starting with D (see page 25 *Joshua Fought the Battle of Jericho*).

Escala en C (Do) Mayor

¡Hay que lanzarse! Date cuenta de que también es una escala en D (Re) menor (dórico); basta con tocar las mismas notas empezando por D (Re) (ver página 25 *Joshua Fought the Battle of Jericho*).

Track–*Pista 24*

Diatonic Harmonica in C
Diatónica en C

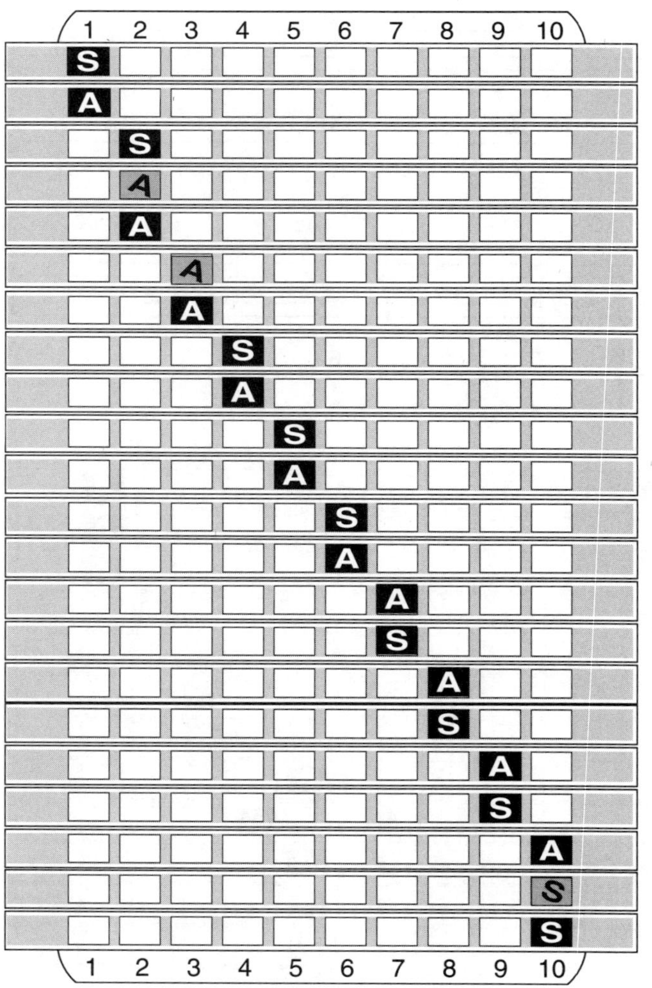

Chromatic Harmonica
Cromática

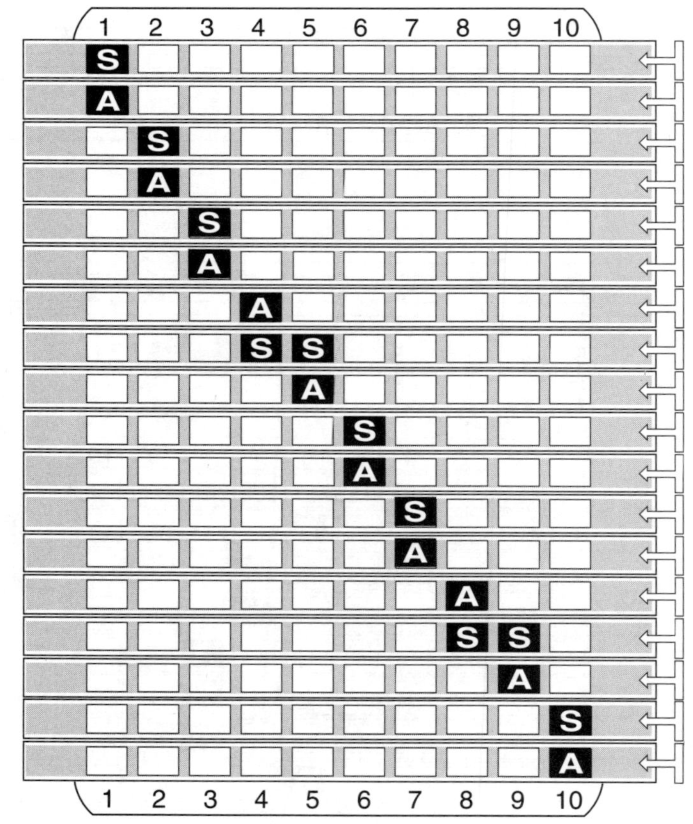

Little Mack Simmons

F Major Pentatonic Scale

The Pentatonic scale consists of five notes. Here it is in the major mode:

Pentatónica de F (Fa) Mayor

Una escala de cinco notas que caracteriza un modo: aquí el modo mayor.

Track–*Pista* 25

Diatonic Harmonica in C
Diatónica en C

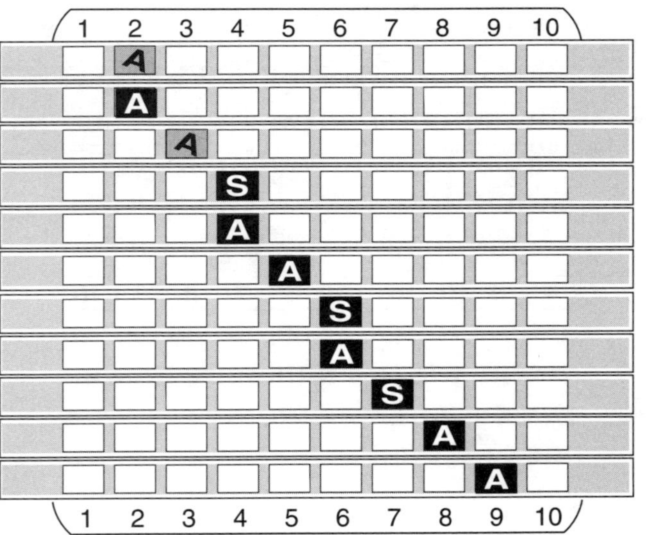

F
G
A
C
D
F
G
A
C
D
F

Chromatic Harmonica
Cromática

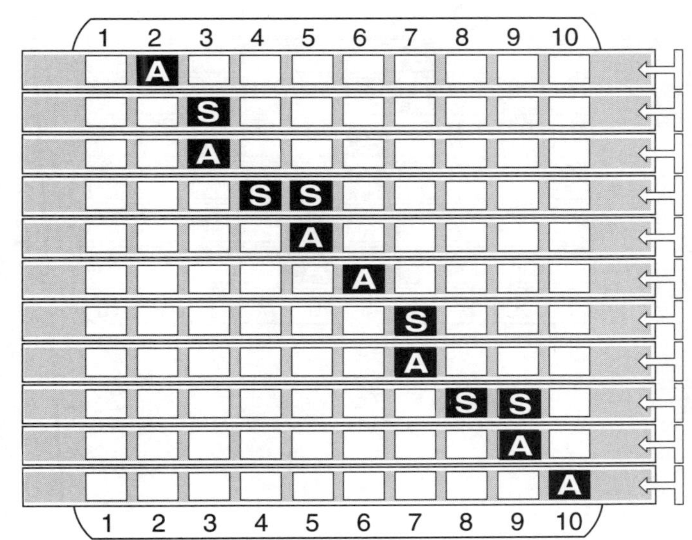

E minor Pentatonic Scale

This one is in the minor mode:

Pentatónica de E (Mi) menor

Lo mismo en menor.

Track–*Pista* 26

Diatonic Harmonica in C
Diatónica en C

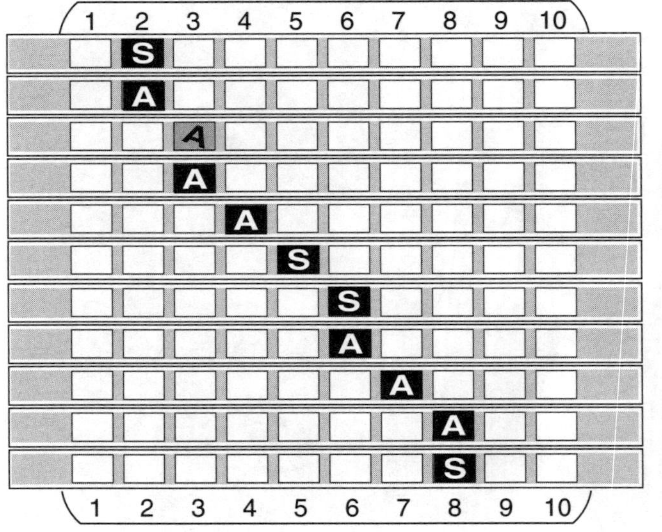

E
G
A
B
D
E
G
A
B
D
E

Chromatic Harmonica
Cromática

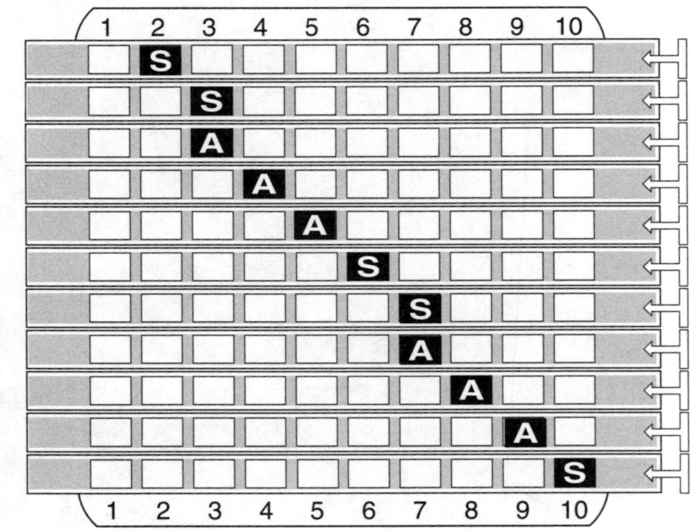

The A minor Scale

Another minor scale with a major seventh: an oriental sound!

Escala de A (La) menor

Otra escala menor con una séptima mayor: ¡una sonoridad oriental.

Track–*Pista* 27

Diatonic Harmonica in C
Diatónica en C

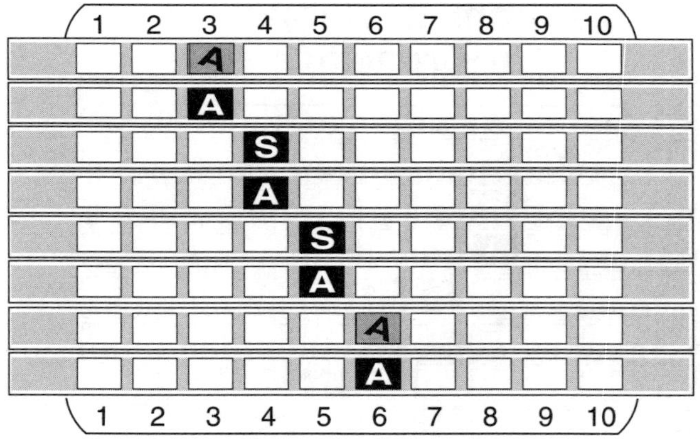

A
B
C
D
E
F
G♯
A

Chromatic Harmonica
Cromática

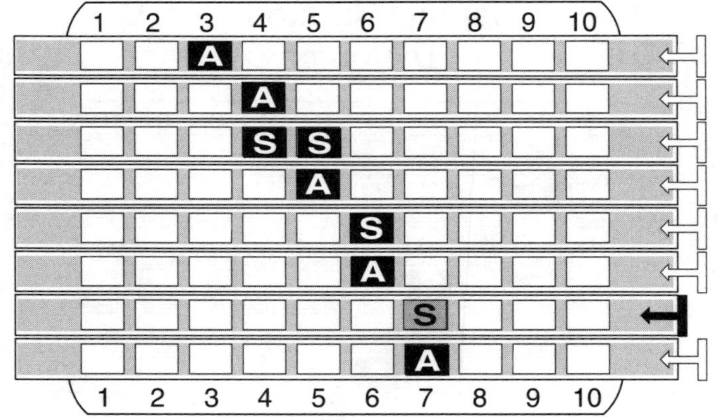

Blues Scale in G

Is used in both minor and major, the three "blue notes" guarantee the "Blues" sound (see glossary).

Escala de G (Sol) Blues

Se utiliza tanto en menor como en Mayor: un ambiente "Blues" garantizado gracias a las tres "Blue notes" (ver el léxico).

Track–*Pista* 28

Diatonic Harmonica in C
Diatónica en C

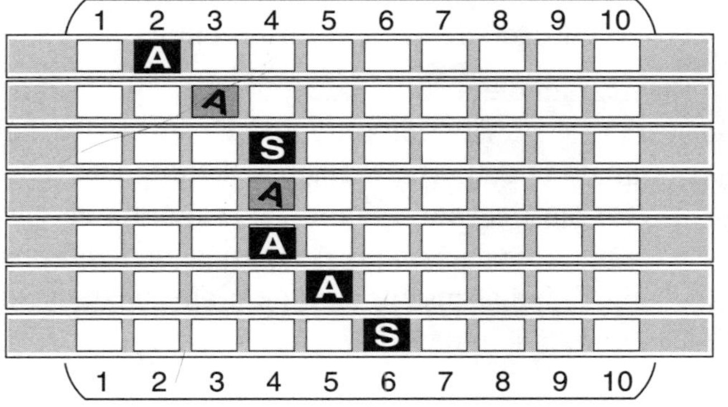

Chromatic Harmonica
Cromática

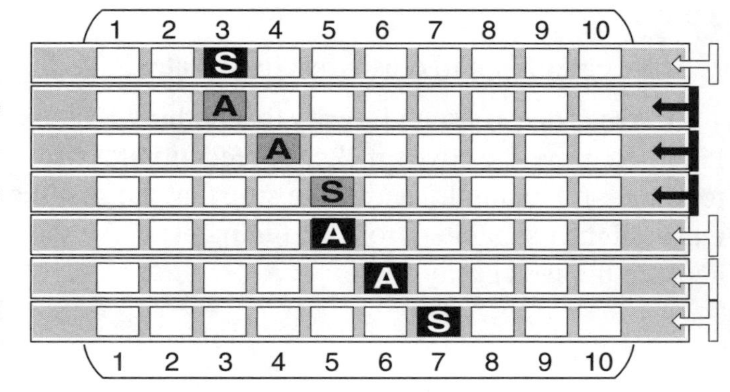

Chord progressions for improvisation with Manu Galvin (guitar in the left channel) and/or with me (harmonica in the left channel).

Ruedas de acordes para improvisar con Manu Galvin (guitarra en el canal izquierdo) y, o conmigo (armónica en el canal derecho).

Track–*Pista* 29

Chord Progression in C
Rueda de acordes en C

Track–*Pista* 30

Chord Progression in G
Rueda de acordes en G

Track–*Pista* 31

Chord Progression in Dm
Rueda de acordes en Dm

Sonny Terry and Brownie McGhee

Taking Care of Your Harmonica

Basic maintenance of a harmonica is simple:

• Break it in first; don't start by playing too loud. Give it time to "settle" and warm up a little.

• To avoid getting excessive saliva inside the instrument, don't angle your head downward too much.

• Let the harmonica dry in the open air before you put it away.

• Be careful not to crush the cover plates.

If a reed doesn't sound, verify that nothing is blocking it. Remove the cover, make the reed vibrate (with a toothpick for example) and make sure that the floating end is slightly separated from the tuning plate. Air must activate the reed easily.

Cuida tu armónica

El mantenimiento de base de una armónica es simple:

• Dale rodaje a tu armónica; no empieces tocando demasiado fuerte. Déjale tiempo para "hacerse" y para calentarse un poco.

• No inclines la cabeza hacia abajo al tocar. De esta manera evitarás que demasiada saliva caiga dentro del instrumento.

• Déjala secar al aire libre, antes de guardarla.

• Ten cuidado de no aplastar las cubiertas.

Si una lengüeta se bloquea, verifica que nada está molestando su funcionamiento. Después de haber desmontado la cubierta, haz vibrar la lengüeta (con un palillo de plástico por ejemplo) y asegúrate de que su extremidad libre está un poco separada de la lámina de afinación. Es indispensable para que el aire pueda accionar fácilmente la lengüeta.

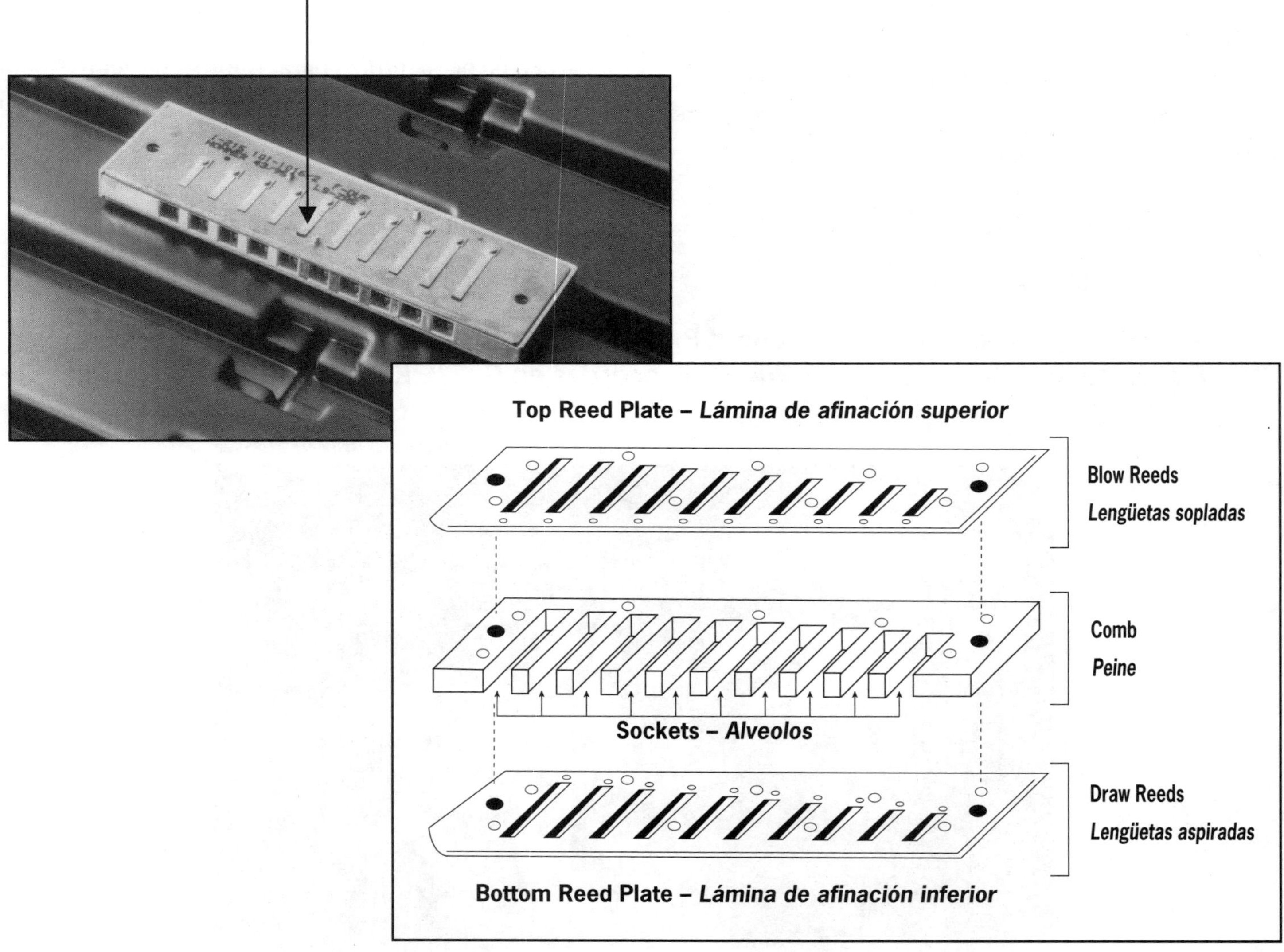

A Brief Glossary for the Harmonica Player

Amplifier. The smaller tube models for guitar produce the typical blues harmonica sound. The larger models for keyboards produce a powerful and clear sound. All kinds of combinations are possible. Choose the one you like best!

Arpeggio. Playing the notes of a chord sequentially.

Articulation. A way to emphasize or "pronounce" notes using mute syllables.

Beats. The regular pulsations, more or less accentuated, that constitute a measure.

Bending (Alteration). To lower the pitch of a note by changing the shape of the mouth.

Blue Notes. The third, fifth and minor seventh used in a major mode. For example in C major: E♭, F♯ and B♭.

Chord. Group of 3 or more notes played at the same time; normally the first, third and fifth degrees of a scale and often with other degrees added to enrich the sound.

Chorus. a) equivalent of a solo; b) electronic doubling/ tremolo effect.

Chromatic. Progressing by half steps.

Circle of chords (Progression). Diagram that represents the name, placement and duration of the chords used in a musical composition.

Cross-Harp. Indicates playing the root note by drawing air.

Degrees. Notes of a scale determined by their position: root, second, third, fourth, fifth, sixth, seventh, octave.

Delay. Echo.

Diapason. The frequency used as a standard reference to tune instruments (ex. A = 440 hz). Also the device that plays that frequency, a tuning fork.

Diatonic. Using half steps and whole steps.

Distortion (Saturation). Controlled or parasitic overcharge of an amplification device.

Dominant. A name for the fifth degree of the scale. For example, G in the scale of C.

Dynamic. Range of volume of an instrument, from the softest to the loudest. One great quality of the harmonica is that it has a very extensive dynamic range. Take advantage of it!

Echo. An effect for the repetition of a sound with different wave length and amplitude, conveying a sense of depth.

Pequeño léxico del armonicista

Acorde. Conjunto de 3 o más notas tocadas simultáneamente; generalmente el primero, el tercero y el quinto grado de una escala, a menudo enriquecida por otros grados.

Amplificador. Los pequeños modelos con lámparas para guitarras, producen el sonido típico del Blues. Los grandes modelos para teclados producen un sonido potente y claro. Todas las combinaciones son posibles. ¡Escoge la que más te guste!

Armónica. Un instrumento maravilloso.

Armonizar. Es enriquecer una línea melódica con la ayuda de acordes o agregándole otra línea melódica.

Arpegio. Hecho de tocar alternativamente las notas de un acorde.

Articulación. Manera de hacer resaltar o "pronunciar" las notas con sílabas mudas.

Becuadro (♮). Signo que le vuelve a dar su altura natural a un sostenido o a un bemol.

Bemol (♭). Signo que acompaña una nota y la baja un semitono.

Bending (Alteración). Hecho de bajar una nota en la armónica al modificar la forma de la boca.

Blue Notes. La tercera, la quinta y la séptima menor que se utilizan en una composición mayor. Por ejemplo en C (Do) M: E♭ (Mi♭), F♯ (Fa♯), B♭ (Si♭).

Chorus. a) equivalente de solo b) efecto electrónico de doblado/trémolo.

Compás. Unidad de duración musical, cuya naturaleza (2/4, 3/4, 4/4, etc.) está indicada al principio de una partitura.

Cromático. Que progresa por semitono.

Cross Harp ("armónica cruzada"). En inglés indica el hecho de tocar la tónica aspirada.

Delay. Eco.

Diapasón. Frecuencia de referencia sobre la cual se afinan los instrumentos (p. ej. A (La) = 440 hz). También el aparato que da la frecuencia.

Diatónica. Que utiliza los tonos y los semitonos.

Dinámica. Amplitud de expresión de un instrumento, desde el nivel más bajo hasta el más alto. La gran calidad de la armónica, es tener una dinámica muy extensa. ¡Aprovéchate!

Distorsión (Saturación). Sobrecarga controlada o parásita de un dispositivo de amplificación.

Equalizer. An electronic device that allows independent alteration of different frequencies of sound.

Feedback (Larsen effect). The parasitic frequency resulting when the sound from a speaker is picked up by a microphone. Feedback can be eliminated by lowering the level of a precise frequency with an equalizer, or by lowering the volume.

Flat (♭). Sign that lowers a note by a half step.

Frequency. Each note corresponds to a particular number of vibrations per second (ex. A = 440). The frequencies of these vibrations are related to the pitch of the sound: the fewer vibrations there are per second, the lower the pitch of the sound (and vice versa). The frequency of the vibration is expressed in hertz (1000 Hz = 1 kilohertz). If we apply this rule to our favorite instrument: the faster the reed vibrates, the higher the pitch of the sound...

Half step. The smallest interval in Western music. There are twelve half steps in a chromatic scale.

Harmonica. A wonderful instrument.

Harmonization. To enrich a melodic line with chords or by adding another melodic line.

Harp. Name used for the harmonica in blues (also: "blues harp", "mouth organ", "French harp", "pocket piano", "Mississippi saxophone", etc.).

Improvisation. To invent a new melodic line.

Interval. Distance separating two notes; the smallest interval in occidental music is the half step.

Key. Scale upon which a composition is built.

Major (M). A scale or chord in which the third degree is two steps higher than the root: C Major = C - E - G.

Measure. Unit of musical time, its nature (2/4, 3/4, 4/4, etc.) is indicated by the time signature located at the beginning of the piece.

Microphone. A good vocal microphone is the best choice for the harmonica. You can place it on a stand or hold it with your hands.

The models "Bluesblaster", "Astatic JT30" and "Green Bullet" have the typical blues sound, are designed to be plugged into an amplifier and are more difficult to use. It's best to have a microphone with its own volume control knob. The microphone should be low impedance if is going to be used with a mixing console, and high impedance if it is connected to an amplifier (impedance transformers are available).

Minor (m). A scale or chord in which the third degree is one and one half steps higher than the root. Cm7: C - E♭ - G - Bb [7m: B♭].

Dominante. Se dice del quinto grado de la escala. Por ejemplo: G (Sol) en C (Do).

Eco. Efecto de repetición más o menos largo y pronunciado del sonido, que produce una sensación de profundidad.

Equalizer (Ecualizador). Dispositivo electrónico que obra separadamente y de manera más o menos precisa sobre las diferentes frecuencias que componen el sonido.

Escala. Sucesión de notas separadas por intervalos precisos que determinan la naturaleza de la escala: mayor, menor, disminuida, cromática, etc.

Escalas relativas. Se dice de escalas formadas con las mismas notas pero en diferentes modos. Por ejemplo: C (Do) Mayor y A (La) menor.

Feedback (efecto Larsen). Frecuencia parásita emitida cuando el sonido del altavoz se encuentra reinyectado en el micrófono. El "Feedback" se elimina al bajar precisamente esta frecuencia con la ayuda de un ecualizador o más sencillamente, bajando el volumen.

Fraseo. Construcción musical que caracteriza un estilo o un músico.

Frecuencia(s). Cada nota de música corresponde a cierta cantidad de vibraciones por segundo (p. ej. A (La) = 440). La frecuencia de estas vibraciones está relacionada con la altura de un sonido: cuantas menos vibraciones hay por segundo, más grave es el sonido (e inversamente). La frecuencia de vibración se expresa en hertzios (1000 hz = 1 kilohertzio). Si aplicamos esta ley a la afinación de tu instrumento favorito: cuanto más rápidamente vibra una lengüeta, más agudo es el sonido...

Grados. Notas de una escala determinadas por su posición: Tónica, Segunda, Tercera, Cuarta, Quinta, Sexta, Séptima, Octava.

Harp. Nombre familiar de la armónica en el Blues (pero también: "blues harp", "mouth organ", "French harp", "pocket piano", "Mississippi saxophone", etc.).

Improvisar. Inventar una nueva línea melódica.

Intervalo. Distancia que separa dos notas; el más pequeño en la música occidental es el semitono.

Mayor (M). Califica una escala o un acorde en el cual la tercera está dos tonos más alto que la tónica: C (Do) Mayor = C (Do) E (Mi) G (Sol).

Menor (m). Se dice de una escala o de un acorde, cuando la tercera está un tono y medio más alto que la tónica. C (Do) m 7: C (Do) E♭ (Mi♭) G (Sol) B♭ (Si♭) [7m: B♭ (Si♭)].

Micrófono. Un buen micrófono para la voz, es el que ofrecerá más alternativas. Puedes ponerlo sobre un pie o sujetarlo con las manos.

Mouth music, ***Musique à bouche*** **or** ***Ruine-babines***. French nicknames for the harmonica in Canada.

Natural (♮). Sign that returns a sharp or flat note to its natural pitch.

Octave. Interval between two notes with the same sound at a different pitch.

Ornamentation. Notes added to the melody, without changing its development.

Overblow. Technique that allows one to play a half step higher than the normal drawn note on a diatonic harmonica with single reeds by blowing in that same hole. For example, with a diatonic harmonica in C: B♭ in box #6, F♯ in box #5, E♭ in box #4, etc.

Overdraw. Same principle as above but drawing instead of blowing. Notice that these techniques work inversely to bends. This means, with a diatonic harmonica with single reeds, blow from #1 to #6 and draw from #7 to #10. In this way, the diatonic harmonica can be converted to a chromatic harmonica.

Pentatonic. Scale with five notes in different modes:

• Major Pentatonic = 1 2 3 5 6 (ex. C - D - E - G – A).

• Minor Pentatonic = 1 3 4 5 7 (ex. C - E♭ - F - G – B♭).

Phrasing. Musical structure characteristic of a particular style or musician.

Position. Term used by blues harmonica players to indicate the key being played.

• First position means to play in the instrument's natural key or its relative minor; with a C harmonica this means the key of C or Am. This is the best position for the blow bends in the upper range.

• The second position is the most frequently used; with a C harmonica, it uses the drawn chord or its relative minor as the root, i.e., G or Em.

• The third position is based on the secondary minor chord and its relative major; with a C harmonica, Dm or F.

A good knowledge of the position system will help you find the harmonica you need for a particular key quickly. Each position offers a set of different sounds and intervals according to the placement of the notes and possible bends.

Preamp. Electronic element that modifies the sound: equalization, saturation, etc.

Relative scales. Scales consisting of the same notes but in different modes. For example: C major and A

Los modelos "Bluesblaster", "Astatic JT30" y "Green Bullet" que tienen el típico sonido del Blues, están estudiados para ser enchufados en un amplificador y son de uso más complejo. De todas maneras, es deseable equipar tu micrófono con un potenciómetro de volumen. El micrófono será de impedancia baja si se enchufa en una mesa de mezcla y de impedancia alta si se conecta con un amplificador (existen transformadores de impedancia).

Música de boca, ***Musique à bouche*** **o Ruina morros** ***Ruine-babines***. Diminutivo de la armónica en Canadá.

Octava. Intervalo entre dos notas que tienen el mismo sonido en diferentes alturas.

Ornamentación. Notas agregadas a la melodía, sin cambiar su desarrollo.

Overblow (Sobresoplado). Técnica que permite obtener al soplar en una diatónica de simple lengüeta la nota situada un semitono más alto que la nota aspirada en la misma casilla. Por ejemplo sobre una diatónica en C: B♭ (Si♭) en la casilla 6, F♯ (Fa♯) en la casilla 5, E♭ (Mi♭) en la casilla 4, etc.

Overdraw (Sobreaspirado). Mismo principio, pero al aspirar. Fíjate bien que estas técnicas funcionan a la inversa de las alteraciones ("bendings"). O sea, con una diatónica de simple lengüeta, soplando hasta la casilla 6 y aspirando más allá. De esta manera la diatónica se convierte en cromática.

Pentatónica. Escala de cinco notas que caracteriza un modo.

• Pentatónica Mayor = 1 2 3 5 6 [p. ej. C (Do) D (Re) E (Mi) G (Sol) A (La)].

• Pentatónica menor = 1 3 4 5 7 [p. ej. C (Do) E♭ (Mi♭) F (Fa) G (Sol) B♭ (Si♭)].

Posición. Término empleado por los armonicistas de Blues para indicar la tonalidad en la que tocan la armónica.

• La primera consiste en tocar en el tono del instrumento o en su relativo menor [C (Do) o Am (Lam) sobre una C]. Es la mejor posición para las alteraciones sopladas ("Blow Bends") en el agudo.

• La segunda es la más corriente. Utiliza el acorde aspirado o su relativo menor como tónica [G (Sol) o Em (Mim) sobre una C].

• La tercera está basada sobre el acorde de segunda menor y su relativo mayor [Dm (Rem) o F (Fa) sobre una C (Do)].

Un buen conocimiento del sistema de las posiciones te ayudará a encontrar rápidamente la armónica que necesitas en función de la tonalidad. Cada posición te ofrece una sonoridad e intervalos diferentes según la localización de las notas y las posibles alteraciones ("bendings").

Preamp (Preamplificador). Elemento electrónico a nivel del cual se modifica el sonido: ecualización, saturación, etc.

minor.

Reverb. Acoustic or electronic effect that produces a feeling of space.

Richter. Inventor of a self-named harmonica tuning system which features a major drawn chord in the lowest notes.

Riff. A short repetitive musical phrase that can be played by different instruments, sometimes together.

Root or Tonic. First degree of a scale with the same name.

Scale. A series of notes separated by set intervals that determine the nature of the scale: major, minor, diminished, chromatic, etc.

Sharp (♯). Sign attached to a note that raises it by a half step.

Straight Harp. First position on the diatonic harmonica.

Syncopation. Accent placed outside the normal beat.

Tempo. The speed at which a composition is played.

Tessitura. The sonic range characteristic of each instrument. C and G harmonicas sound very different, but you can play in G, D or Dm, C, Em, and Am with each in different positions.

Timbre. Quality of sound that defines the individuality of an instrument.

Tongue Blocking. Performance technique in which the tongue partially blocks the holes covered by the mouth.

Transposition. To play or write a melody in a different key than the original.

Tremolo. Effect produced by two reeds slightly out of tune.

Trill. To play two adjoining notes quickly and alternatively.

Unison. When several instruments play the same melody together.

Vibrato. Vibration of a note, with varying speed and accent, to enhance its expressiveness.

Reverberación. Efecto acústico o electrónico que da una sensación de espacio.

Richter. Inventor de una afinación de la armónica, a la cual dejó su nombre, con un acorde mayor aspirado en las notas graves.

Riff. Frase musical corta y repetitiva, que varios instrumentos pueden, a veces, tocar al mismo tiempo.

Rueda de acordes. Esquema que representa el nombre, el lugar y la duración de los acordes que armonizan una composición.

Semitono. El más pequeño intervalo de la música occidental. Existen doce en la escala cromática.

Síncopa. Acentuación que no se hace sobre el tiempo.

Sostenido (♯). Signo que acompaña una nota y la sube un semitono.

Straight Harp. Primera posición en la diatónica.

Tempo. Velocidad con la que se ejecuta una composición.

Tesitura. Extensión sonora propia de cada instrumento. Una armónica en G o una armónica en C suenan de manera muy diferente, pero se puede tocar en G (Sol), en D (Re) o Dm (Rem), C (Do), Em (Mim), Am (Lam), con las dos en diferentes alturas.

Tiempos. Pulsaciones regulares más o menos acentuadas que componen un compás.

Timbre. Calidad del sonido de un instrumento que le da su particularidad.

Tonalidad. Escala sobre la cual está construida una composición.

Tongue Blocking (**Bloqueo lingual**). Técnica de interpretación en la cual la lengua tapa una parte de las casillas cubiertas por la boca.

Tónica. Primer grado de una escala que le da su nombre.

Transporte. Tocar o escribir una melodía en un tono diferente del original.

Trémolo. Efecto producido por dos lengüetas ligeramente desafinadas.

Trino. Tocar alternativa y rápidamente dos notas juntas.

Unísono. Cuando varios instrumentos tocan juntos la misma melodía.

Vibrato. Vibración más o menos rápida y acentuada de una nota, que aumenta su expresión.

Prioritized Harmonica Listening List

Los armonicistas que escucharás prioritariamente

Chromatic — ***Cromática***

Toots Thielemans

Larry Adler

Antonio Serrano

Stevie Wonder

Hugo Diaz

Diatonic — ***Diatónica***

Sonny Terry

Sonny Boy Williamson

Little Walter

Charlie Mac Coy

Howard Levy...

And soon...YOU!

Get going!

¡...y pronto tú!

¡Ánimo!

About the Author

2003 "Victoires de la Musique"
Memphis is named "Best Blues Album"

2002 "Grand Prix Jazz de la Sacem"
Acknowledges the artist's entire musical career

2001 "Choc Jazzman"
Jazz Music Award for this CD *Memphis*

2000 "Django d' Or"
Bastille Blues is named "Best Blues Album"

1992 "Victoires de la Musique"
Explorer is named "Best Instrumental Album"

Jean-Jacques "J.J." Milteau was born neither in Chicago nor in the Mississippi Delta, but rather in Paris. He became enamored of the blues in the 60s, listening to recordings by Sonny Terry, Little Walter and Sonny Boy Williamson- a somewhat uncommon affinity in Paris at the time.

J.J. began playing country blues and bluegrass with friends at age fifteen. Later, he traveled throughout Europe, playing and learning through contact with various musicians he met along the way. After that, he spent some time in the United States playing in clubs and festivals with a group he had formed.

On returning to France, he realized his first recording sessions, gathering various famous artists that he had performed with on stage and on television shows, among them the actor and singer Yves Montand. Since then J.J. has made various recordings in which he mixes the different styles that influenced him, achieving a distinctive sound at the moment of their creation.

J.J. speaks with humor and enthusiasm of the common everyday instrument that is for him the most intimate and popular- the harmonica, his truest travel companion, the one he never leaves behind from Paris to Shanghai, from London to Memphis, from Pretoria to Havana, from his heart to his audience.

Sobre el autor

2003 "Victoire de la Musique"
Memphis nombrado mejor disco de Blues

2002 "Grand Prix Jazz de la Sacem"
recompensa la carrera artistica del autor

2001 "Choc Jazzman"
Memphis premio Jazz del año

2000 "Django d'Or"
Bastille Blues nombrado mejor album de blues

1992 "Victoire de la Musique"
Explorer nombrado mejor disco instrumental

Jean-Jacques J.J. Milteau no nació ni en Chicago ni el el Delta del Misisipí, sino en París. Se enamoró del Blues en los años 60, escuchando discos de Sonny Terry, Little Walter y Sonny Boy Williamson, algo poco frecuente en el París de aquella época.

Empezó tocando música Country Blues y Bluegrass con algunos amigos a los 15 años. Anduvo después viajando por toda Europa, tocando y aprendiendo al contacto de distintos músicos que encontró durante sus viajes. Tras ésto, pasó una temporada en Estados Unidos tocando en clubs y festivales con un grupo que había formado.

De vuelta a Francia, realizó sus primeras sesiones de grabación al requirirlo numerosos artistas famosos a quienes acompañó en escenario y en programas televisivós (entre ellos el actor y cantante Yves Montand). Desde entonces J.J. ha gravado varios discos en los que mezcla los diferentes estilos que influyeron, a la hora de la creación, su distintivo sonido.

Habla con humor y entusiasmo del instrumento más cotidiano, más íntimo, más popular… la armónica : su más fiel compañera de viaje, de la que nunca se separa, de París a Shanghai, de Londres a Memphis, de Pretoria a la Habana, de su corazón al público.

Here's what music critics are saying about J.J. Milteau:

"J.J. Milteau is simply the best and most versatile harmonica player that I have ever heard. His tone is pure and his technique is perfect. It's very interesting to note how he has captured elements from different musical styles and taken them various steps ahead in applying them to jazz and blues and shaping a unique sound. The rest of his band is excellent and his recordings are extraordinary." *Harmonica World*

"One of the most brilliant harmonica players on the current scene." *France Soir*

"Blues roots, jazz spirit, and rock energy!" *L'Humanité*

"The best blues harmonica player of our time." *VSD*

"Milteau is a true creative force, an essential part of today's sound..." *Le Monde*

"J.J. Milteau fell into the blues like others fall in love." *Jazzman*

¿Que Dice la Prensa ?

J.J. Milteau es simplemente el mejor y más versatil armonicista que yo haya escuchado... Su tono es puro y su técnica perfecta. Es muy interesante apreciar cómo ha captado cosas de diferentes estilos musicales y las ha llevado varios pasos mas allá aplicándolas al Jazz y al Blues y modelando un sonido único. El resto de su banda es superior y sus discos son extremadamente buenos *Harmonica World*

Unos de los más fulgurantes armonicistas actuales *France Soir*

Raices Blues, espíritu Jazz y energía Rock *L'Humanité*

El mejor armonicista de blues del momento *VSD*

Un músico esencial en el sonido de su época *Le Monde*

"El cayó en el Blues como otros en el barreño de poción mágica" *Jazzman*

Photo: Rolan Ménégon

www.jjmilteau.com

Discography/Catálogo de Discos

BLUE 3rd	Universal Music Jazz, 2003
MEMPHIS	Universal Music Jazz, 2001
BASTILLE BLUES	Wagram Music, 1999
BLUES LIVE	Wagram Music, 1998
MERCI D'ETRE VENUS	EMI, 1996
ROUTES	EMI, 1995
LIVE	EMI, 1993
EXPLORER	EMI, 1992
BLUES HARP	Harmonia Mundi 1989
JUST KIDDIN'	Harmonia Mundi 1983
J.J. MILTEAU & MOJJO	Harmonia Mundi 1981
SPECIAL INSTRUMENTAL : HARMONICA	Harmonia Mundi 1973

For children / Para niños

MANQUE PAS D'AIR	Musique et Santé, 2000
LÉO DÉCOUVRE LE BLUES	Harmonia Mundi, 1997

Reissue compiler & producer / Director de colección

INSPIRATION (22 great harmonica performances)	Universal Music Jazz, 2002
INSPIRATION (22 rare harmonica performances)	Universal Music Jazz, 2005

Videos

J'apprends l'harmo avec J.J. Milteau	Musicom
J.J. Milteau Live	WMD

Bibliography/Bibliografía

Song Book "Bastille Blues"	MusiCom
Méthode complète, harmonica diatonique et chromatique	P. Beuscher
Song Book "Merci d'être venus"	P. Beuscher
CD à l'harmonica, diatonique et chromatique	P. Beuscher
Kit harmonica, tout pour débuter	P. Beuscher
Song Book "Routes"	MusiCom
10 thèmes de blues pour harmonica diatonique	MusiCom
Blues, rock-country harmonica	MusiCom
15 minutes par jour pour apprendre l'harmonica	Marabout
Méthode pour l'harmonica diatonique et chromatique	Hohner
Petit guide pour amplifier l'harmonica	Hohner
Musicabouche (for children, starting 5 years old / para niños de mas de 5 años)	Hohner
Technique de l'harmonica	H.L. Musique